CARRÉS CLASSIQUES

Collection COLLÈGE dirigée par
Cécile de Cazanove
Agrégée de Lettres modernes

3 nouvelles d'Irène Némirovsky

En raison des circonstances
La Confidente
M. Rose

3 nouvelles intégrales

Éditi
Jean-
Agrége de Lettres classiques

Nathan

Sommaire

Avant la lecture

Lire En raison des circonstances

Lire La Confidente

ISBN : 978 209 189440-9

Lire M. Rose

Après la lecture

Dossier central en couleurs

Avant la lecture

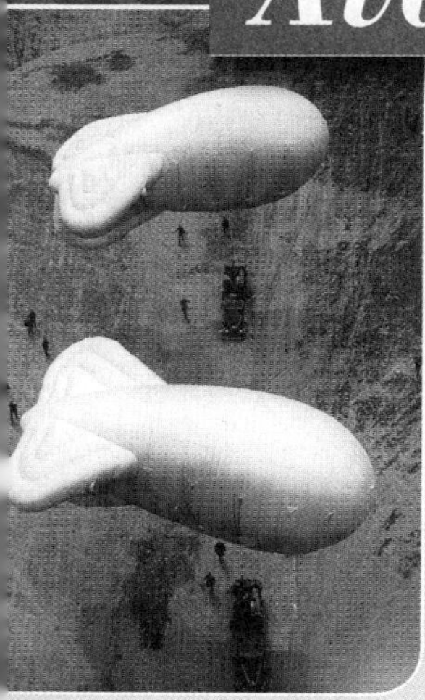

Qui êtes-vous, Irène Némirovsky ?

Irène Némirovsky, êtes-vous la plus russe des romancières françaises… ou l'inverse ?

Je suis une romancière française. Certes, je suis née en 1903 en Ukraine, dans une riche famille juive. Mais ma seule patrie, c'est la culture française, dans laquelle j'ai baigné dès l'enfance, élevée par une institutrice française, et ne parlant que français avec ma mère. Entre 4 et 11 ans, j'ai d'ailleurs passé en France tous les hivers avec mes parents. Et c'est en France qu'en 1919 nous avons fui la Révolution bolchévique, qui avait confisqué la banque de mon père.

« À 23 ans, je publie mon premier roman. »

Certes… Mais de là à vous imposer comme l'un de nos grands écrivains…

J'ai toujours eu le goût d'écrire. Deux ans après mon installation à Paris j'ai réussi à publier mon premier texte dans une revue parisienne, – je n'avais pas 18 ans ! Cette chronique n'avait pas grande valeur, mais je savais déjà qu'écrire serait ma vie et mon métier. J'avais tout juste 23 ans quand est sorti mon premier roman, *Le Malentendu*, suivi l'année d'après par ma première nouvelle. Depuis, j'alterne les deux formes, à un rythme soutenu : onze romans en 1940 et une quarantaine de nouvelles, sans compter les chroniques et les critiques de cinéma et de théâtre dans les journaux.

C'est avec *David Golder*, en 1929, que vous faites une entrée fracassante dans le monde des lettres…

Oui, cet impitoyable tableau des mœurs financières et mondaines a choqué, surtout venant d'une jeune femme. Mais le succès a été considérable : on m'a même comparée à Balzac ! Du jour au lendemain, j'étais célèbre. Et dès l'année suivante, mon roman a été adapté en même temps au théâtre et au cinéma.

À partir de là, on vous a accusée de nourrir l'antisémitisme...

C'est absurde, j'ai toujours revendiqué mon héritage juif ! J'ai d'ailleurs prêté à David Golder certains traits de mon père tant aimé. J'ai simplement décrit ce que j'ai vu, sans tricher, et je continue de peindre la société que je connais le mieux : des déracinés, qui ne s'adaptent pas sans souffrances à une vie nouvelle. Il n'y a pas de sujet interdit en littérature.

Une autre constante de votre œuvre est ce personnage féminin qui refuse pathétiquement de vieillir.

C'est ma mère. Je ne le cache pas, j'ai haï cette femme distante pour qui, enfant, j'étais un fardeau puis une rivale éventuelle quand je suis devenue jeune fille. Certains critiques ont même parlé de « matricide romanesque ». Mais avec le temps, ma haine s'est transformée en pitié.

> ***« Il n'y a pas de sujet interdit en littérature. »***

Que devenez-vous en cette année 1940 ?

Le destin des Juifs est devenu précaire, et de plus, je suis une juive apatride puisque je n'ai pas obtenu la nationalité française, en dépit d'appuis prestigieux. Certains éditeurs hésitent donc à honorer leurs engagements, et je dois publier mes nouvelles sous pseudonyme, comme « M. Rose ». Pour l'heure, je suis réfugiée avec mon époux et mes deux filles dans un village de Bourgogne, Issy-l'Evêque. Je veux garder confiance en l'avenir. ■

Irène Némirovsky est arrêtée le 13 juillet 1942 et déportée au camp de concentration d'Auschwitz, où elle meurt le 19 août.

La France au temps d'Irène Némirovsky (1919-1942)

◆ Une reconstruction empêchée

La France sort de la Première Guerre mondiale à la fois victorieuse et affaiblie. Les pertes humaines ont été considérables : environ 1 700 000 morts, 300 000 disparus et 4 millions de blessés. La guerre a, de plus, entraîné un déficit de naissances qui affaiblit le pays. Le territoire est également en ruine : plus d'un demi-million de maisons ont été détruites, et plus de 2,5 millions d'hectares de terres agricoles ont été ravagés, ainsi que la majeure partie des réseaux de communication sur le lieu des affrontements. Certes, grâce à ses efforts de rationalisation, de concentration et d'innovation, l'économie connaît dans les années 1920 une forte croissance, source d'optimisme : ce sont « les années folles ». Mais la France subit, à partir de 1931, les effets du krach boursier américain de 1929, qui la plonge dans la récession (chute des exportations, baisse de la production).

> *« En 1918, la France est victorieuse mais affaiblie. »*

◆ Un régime en crise

Les divers gouvernements sont confrontés aux déficits creusés par

1919	1921-1925	1926	1929
Installation à Paris de la famille Némirovsky	Études à la Sorbonne	Mariage avec Michel Epstein	Naissance de sa fille Denise *David Golder* la rend célèbre

Troisième République

1920	1924	1931	1933
Congrès de Tours	*Premier manifeste du surréalisme* d'André Breton	Exposition coloniale	*Voyage au bout de la nuit*, roman de Céline

les dettes de guerre et le coût des reconstructions. Ils mènent donc une politique d'austérité qui, avec la crise des années 1930, plonge une partie du peuple dans la misère. L'impuissance et parfois la corruption des politiques nourrissent alors l'antiparlementarisme : les ligues d'extrême-droite menacent le Parlement lors des émeutes du 6 février 1934. Face à ce danger, les socialistes et les communistes, divisés depuis le Congrès de Tours en 1920, font alliance. La victoire de ce « Front populaire » aux législatives de 1936 est facteur de progrès social : augmentation des salaires, semaine de travail limitée à 40 heures, 15 jours de congés payés, scolarité obligatoire portée à 14 ans. Mais cette politique réformatrice doit vite s'arrêter.

◆ D'une guerre à l'autre

Pour la plupart des gens, la guerre de 1914-1918 doit être « la der des der ». Ce pacifisme explique l'inaction des gouvernants face à la politique agressive de Hitler (voir p. 76 et 77). De plus, la France tarde à moderniser son armée. Aussi, la débâcle de mai 1940 (voir p. 94) laisse le pays en état de choc et prêt à s'en remettre à un homme providentiel. Le maréchal Pétain, auréolé du prestige acquis en 1916, prend la tête d'un nouveau régime, autoritaire et antisémite, qui engage une politique de collaboration avec le IIIe Reich. ■

« En mai 1940, le pays est en état de choc. »

1937
Naissance de sa fille Elisabeth

1940
Se réfugie à Issy-l'Evêque.

1942
Déportation et mort à Auschwitz

34
neutes antiparlementaires
ace de la Concorde

1936
Victoire du Front Populaire

1939
Début de la Seconde Guerre mondiale

1940
Capitulation de la France et pleins pouvoirs au M^al^ Pétain

1941
Second statut des Juifs

Lire

En raison des circonstances

Novembre 1939

texte intégral

Qui sont les personnages ?

Marie-Louise Seurat

Juste après le mariage de sa fille Aline, elle confie à son mari le souvenir de son premier amour.

➨ *Quelles seront les conséquences de cette confidence ?*

Georges Seurat

En adoration devant sa femme, il n'a jamais osé la questionner sur son premier époux, mort au combat.

➨ *Est-ce l'instant de vérité pour son couple ?*

Gilles Pecquet

Premier époux de Marie-Louise et père de sa fille Aline, il est mort au cours de la Première Guerre mondiale.

➨ *Pourquoi hante-t-il, tel un fantôme, le couple Seurat ?*

Ils étaient passés, ces soirs de septembre, au commencement de la guerre, quand sur la ville déserte et chaude, dans un ciel de cristal vert, montaient et nageaient lentement les « saucisses »[1] argentées, comme de gros poissons aveugles. C'était l'hiver maintenant. Paris formait un abîme noir au-dessous du firmament qui, par contraste, paraissait presque loin. Malgré l'heure, malgré la pluie, malgré la brume, une peureuse lumière palpita à une lucarne et s'éteignit. Paris, assoupi, prêt à tout, ses armes auprès de lui, respirait doucement dans l'ombre.

La mère ne pouvait pas dormir. Elle marchait de la porte à la fenêtre dans le salon obscur et elle pensait à Aline, à sa fille aimée, qui s'était mariée le matin même. Une journée fatigante, songeait Marie-Louise Seurat. Décembre bientôt, et il fait chaud, presque étouffant. Certes le mariage avait été célébré dans l'intimité et il n'y avait eu ni réception ni lunch[2]. Une brève cérémonie à la mairie ; une messe, une coupe de champagne pour les témoins et les parents du fiancé. Malgré cela, elle était harassée[3] ; elle avait failli se quereller avec Aline qui s'était coiffée à la diable[4], habillée on ne savait comment. Le jour de son mariage… Étrange enfant ! Et elle ne semblait rien regretter, ni les demoiselles d'honneur[5], ni le voile[6], ni rien de l'appareil[7] solennel un peu ridicule et touchant des unions bourgeoises. Et dans quarante-huit heures, elle serait seule, pauvre petite, car Gilles repartait dès lundi, pour la guerre. Enfin, la petite avait voulu. Il ne servait à rien, de nos jours, de raisonner la jeunesse.

1. Ballons de forme allongée, retenus à terre par des cordes ou des câbles et qui pouvaient servir de protection contre les raids aériens.
2. Repas léger, souvent offert aux invités d'une cérémonie.
3. Épuisée.
4. Sans soin, à la va-vite.
5. Jeunes filles qui accompagnent la mariée à l'église.
6. Voile de mariée.
7. Cérémonial.

« Voici que je parle comme ma mère à moi », pensa tout à coup Marie-Louise Seurat, se rappelant des soupirs semblables échappés de lèvres depuis longtemps closes[1]… Depuis longtemps ? Pas si longtemps que cela. C'était pendant l'autre guerre. « Je suppose que pour Aline, les années de l'autre guerre, ce sont des temps préhistoriques ? »

Un sentiment d'aigreur[2] légère et de tendresse contractée, douloureuse, envahit son cœur. Elle essuya quelques larmes. Son mari l'appela de la chambre voisine :

– Est-ce que tu ne viens pas te coucher ?

– Tout à l'heure, tout à l'heure, répondit-elle.

– Mais que fais-tu ?

– J'écris une petite note pour *Le Figaro*[4].

– Tu ne penses pas, fit Georges d'une voix patiente et lasse[4], que tu auras le temps de l'écrire demain ?

Elle ne dit rien : souvent, il lui fallait se taire une seconde avant de répondre à son mari, parce que, malgré elle, un mouvement de colère la traversait lorsqu'elle entendait la voix humble et amoureuse, et pour rien au monde elle n'eût trahi[5] ce singulier et inexplicable ressentiment[6]. Cher Georges… si bon… elle l'aimait tant… Ils formaient un ménage modèle. « Les Seurat, vous savez bien ? Oh, des gens charmants, si unis… » Oui, ils étaient très unis. Mais il avait une manière de s'adresser à elle, timidement, avec révérence[7], avec résignation, comme à une divinité capricieuse et un peu redoutable, qui l'agaçait. Oui, c'était cela, elle était agacée, ce soir. Cher Georges… elle l'aimait tant.

1. Fermées.
2. Agacement.
3. Journal quotidien où Mme Seurat va faire paraître l'annonce du mariage d'Aline.
4. Fatiguée.
5. N'aurait trahi.
6. Hostilité.
7. Respect.

Elle compta mentalement jusqu'à cinq et dit gaiement :

– Je viens, mon chéri.

C'était une femme blonde, douce, un peu grasse, avec de beaux yeux bleus, tendres, à peine alourdie par quatre maternités. Sa bouche était gourmande et bonne, ses grands yeux bleus avaient une expression malicieuse et candide[8]. Son nez était petit, son menton un peu fort : elle paraissait indolente[9]. Un sourire affable[10] et gracieux, plutôt résigné que brillant, était posé sur ses traits ; elle ressemblait à une pêche savoureuse et meurtrie[11], enrobée de sucre et de crème : un plat excellent quoiqu'un peu fade jusqu'à ce qu'on pénètre au cœur même du fruit, à cette amande un peu amère qu'il recèle[12]. Elle avait de beaux bras ronds, une taille moelleuse, marquée de trois cercles de bistre[13] qui griffaient la peau fine. Elle portait un peignoir de velours très chaud et très long, en prévision des alertes nocturnes ; une résille[14] de soie retenait ses cheveux.

– Viens, chérie, répéta au bout d'un instant la voix de Georges.

Elle poussa un imperceptible soupir, revint dans la chambre à coucher, s'assit au bord du lit.

– Voyons, que dirais-tu de… « Le mariage de Monsieur Gilles Barcy avec Mademoiselle Aline Pecquet a été célébré le 28 novembre dans la plus stricte intimité, en raison des circonstances… » ?

– C'est parfait, ma chérie…

Distraitement, elle caressa les fins cheveux gris de Georges.

– Quel vide dans cette maison…

Les alertes nocturnes

Le premier paragraphe de la nouvelle situe clairement l'action à la fin de l'année 1939 (v. l. 83). Même si la capitale n'a pas connu de bombardement aérien allemand avant le 3 juin 1940 (v. encadré, p. 94), le gouvernement en avait prévu le risque : il avait ménagé pour les Parisiens, prévenus par une alarme, des abris en sous-sols (caves, souterrains). Dans ces lieux humides, il valait mieux se couvrir chaudement.

8. Innocente.
9. Sans énergie.
10. Aimable.
11. Abîmée.
12. Dissimule.
13. Couleur brune.
14. Un filet à fines mailles.

Les trois autres enfants étaient à la campagne, à l'abri. Qu'il paraissait grand et silencieux, cet appartement parisien. Georges Seurat n'avait pu quitter Paris, retenu par son travail, et Marie-Louise n'eût pas voulu[1] le laisser seul : il était de santé délicate et si triste, si perdu, elle le savait. Mais son cœur était avec les trois garçons, demeurés seuls. L'aîné avait douze ans, le plus jeune, sept.

– Aline te tiendra compagnie quand son mari sera parti…

– Oh, Aline…

– Elle t'adore…

– Elle a bon cœur mais elle est si peu expansive[2]…

– C'est sans doute, dit Georges d'une voix un peu basse, un peu pâle comme toujours lorsqu'il abordait le sujet brûlant, le sujet défendu, c'est sans doute le caractère de son pauvre père…

« Après treize ans d'union, songea Marie-Louise, mon premier mariage est encore une source d'émoi, de chagrin pour lui. Il ne veut pas m'en parler, et malgré lui… S'il savait comme tout cela est loin de moi, était loin, du moins, jusqu'à ces derniers jours. »

Lorsque Georges lui parlait de ce temps aboli, elle détournait la conversation, en général, comme on empêche un chien de mordre sa patte blessée. Il était encore aujourd'hui… son vieux mari… jaloux, et jaloux d'un mort. Parfois, elle répondait doucement : « Il est mort, chéri… », ce qui pouvait signifier : « Je ne peux pas le blâmer[3], ni me plaindre de lui puisqu'il est mort », mais elle le disait sur un ton rassurant, comme

1. N'aurait pas voulu.
2. Ouverte, communiquant ses sentiments.
3. Lui faire de reproches.

si elle eût rappelé[4] à Georges qu'il n'avait rien à craindre désormais, que le rival inconnu, le premier mari, le père d'Aline était mort.

Ce soir, elle avait envie de parler de ce premier mariage. Il était trop semblable à celui d'Aline.

– Elle recommence la bêtise que j'ai faite, dit-elle.

– Oh, la bêtise, murmura Georges d'un ton humble et avide[5].

Elle comprit ; elle répéta fermement :

– Oui, une bêtise. On n'épouse pas un ami d'enfance que l'on considérait jusque là comme un bon camarade, une espèce de cousin et pas autre chose, simplement parce qu'il y a la guerre. Tu sais, moi…

Elle se tut.

Il était extraordinairement attentif, assis sur son lit, les yeux baissés mais la bouche frémissante. Elle le regarda ; il est si rare que l'on regarde vraiment, profondément un homme qui vit avec vous, qui dort avec vous depuis quinze ans. Qu'il était maigre et pâle, et précocement vieux[6], et consumé par quelque secret tourment. Pauvre Georges. Il était si soucieux ; il était accablé d'affaires. Dans les moments les plus heureux, il se préoccupait de ce qui pourrait advenir[7] de funeste[8]. Il redoutait la maladie aux heures de santé, la ruine aux époques prospères ; il attendait la guerre depuis l'avènement de Hitler, chaque année aux premiers jours du printemps. Maintenant qu'elle était là, il semblait plus calme : tout était perdu, il n'y avait plus rien à faire. Mais vraiment, il avait vieilli de dix ans, songea sa femme en lui prenant la main. Ils demeurèrent un instant sans parler, tandis

4. Avait rappelé.
5. Impatient.
6. Vieux avant l'âge.
7. Arriver.
8. Tragique.

qu'au-dehors les douze coups de minuit sonnaient doucement sur la ville noire.

– Je pensais tout à l'heure que le ciel avait l'air de s'éclairer. Pourvu qu'il n'y ait pas d'alertes… Ils sont idiots, ces petits, d'avoir voulu passer la nuit à Paris, mais c'est l'âge où un soupçon de danger fait tant de plaisir, donne tant de saveur à l'amour, dit-elle plus bas.

– Il n'y aura pas d'alerte. Comme tu es émue.

On était tout étonné parfois d'entendre ces bruits familiers : l'horloge du lycée Janson-de-Sailly[1], dans le silence noir, et dans l'appartement désert, ce bruit qu'autrefois on n'entendait pas : le râle[2] des conduites d'eau. En général tous les bruits sont bien plus forts qu'autrefois : des pas dans l'appartement du dessous où seule une vieille bonne demeure, ce pas qui résonne si fort parce que les tapis ont été enlevés.

– J'ai du chagrin que cela se passe ainsi, qu'Aline n'ait pas eu sa part, son lot de bonheur, ferme, innocent, des fiançailles, des réceptions, des cadeaux, le cortège à l'église. Elle n'a même pas été fiancée quinze jours…

Il protesta doucement.

– Oh, quinze… cet automne, lorsque Gilles est parti, il n'y avait rien entre eux ?

– Mais si, Georges. J'en suis sûre. Voyons, je me serais bien doutée tout de même. Puis quelques lettres, et le 19 novembre exactement, elle nous a annoncé qu'ils allaient se marier. Tout ce que nous avons pu dire ou faire ! Ils se sont mariés aujourd'hui, 29 novembre ; ils ont été fiancés quatorze jours.

1. Grand lycée parisien, situé dans le XVIe arrondissement.
2. Bruit plaintif.

– Mais cela n'a aucune importance. Ils se connaissaient bien avant.

– Oui, comme on peut connaître un ami, un bon camarade. Qu'est-ce que cela a à faire avec l'amour, je te demande ? Et il est si jeune !… C'est bien simple : elle se retrouvera, dans six mois, mariée à un inconnu. Tu ris, Georges ! Il n'y aura pas de quoi rire, je t'assure. C'est mon histoire qui recommence là.

Il baissa les yeux.

– Tu sais, dit-il, en articulant les mots avec difficulté, que tu ne m'as jamais raconté exactement… ton premier mariage.

– Mais est-ce que j'y pensais seulement ? murmura-t-elle en levant les épaules avec une expression lasse et irritée. Les hommes ont une mémoire terrible. Une femme, tu sais, ça oublie si bien… Le bonheur et le malheur.

– Mais tu n'as pas été heureuse, n'est-ce pas ? Tu n'as pas été heureuse ?

– Mais non, non.

Elle chercha par quel geste véhément[3] elle eût pu[4] donner plus de poids, plus d'intensité à ses paroles. Elle répéta, « non », en coupant l'air de sa main serrée comme si elle tranchait le passé et le rejetait dans le néant.

– Tu le sais bien, voyons, Georges, je te l'ai dit…

– Tu crois l'avoir dit. Mais couche-toi, tu prends froid, dit-il d'un accent de prière.

Elle, toutefois, ne pouvait demeurer en place ; elle allait et venait, nerveusement. Elle entra dans la chambre d'Aline, s'approcha du lit vide. Puis elle ouvrit la fenêtre, contemplant une fois de plus cette nuit de

3. Significatif.
4. Aurait pu.

gouffre qu'on ne se lassait[1] pas, dans les premiers temps de la guerre, de regarder d'en bas, de la rue. Cela ne donnait pas une impression d'obscurité si profonde[2] que de ce sixième étage. Des souvenirs de l'autre guerre ressuscitaient en elle. Pourquoi avait-elle dit à Georges qu'une femme oubliait facilement le passé ? Elle pensa tout à coup qu'elle lui mentait souvent ainsi sans raison autre qu'une espèce de pudeur. Eh non, on n'oublie pas. Une femme n'oublie rien, au contraire, et c'est bien plus fort, bien plus terrible que chez les hommes, songea-t-elle, car ce n'est pas notre raison qui se souvient, mais les profondeurs mêmes de la chair.

Ainsi, j'ai oublié… oui, mais… encore maintenant, parfois, à un coup de sonnette plus fort, prolongé, plus brutal, je sens mon cœur battre. Je me souviens des coups de sonnette impérieux de René, les soirs où il arrivait en permission, sans être étonnée… Et cette sensibilité particulière au temps qu'il fera demain… quand je devine sans jamais me tromper, la pluie ou la neige, pour la nuit, on en rit, Georges le premier. S'il savait combien de soirs je suis restée ainsi qu'aujourd'hui à la fenêtre, sentant presque dans mes os le froid qu'il faisait dans la tranchée, l'humidité qui le transperçait, lui.

Elle entendit la voix inquiète de Georges.

– Prends garde. Je suis sûr qu'on voit la lumière…

– Mais non, voyons.

Elle tira les rideaux, revint dans la chambre, se coucha.

– Tu ne peux pas dormir ?

– Non. Toi non plus, Georges. Allume, veux-tu ?

Il obéit. Elle se sentait glacée ; elle claquait des dents.

Le couvre-feu

Justifié par une situation de danger, le couvre-feu est l'interdiction officielle de toute vie nocturne après une certaine heure. Pendant la guerre, le gouvernement obligeait à éteindre les lumières pour ne pas offrir de cible à l'aviation ennemie. Cette contrainte dura jusqu'à la Libération.

1. N'arrêtait pas.
2. Aussi profonde.

« J'ai un peu de fièvre », songea-t-elle.

Elle ne le dit pas. Mon Dieu, si Georges la croyait malade, quelle histoire !... Elle n'avait jamais été alitée[3] un jour, pendant leurs treize ans de mariage, sauf pour la naissance des enfants. Elle n'avait pas le droit de lui manquer[4] à ce point. Il lui semblait parfois qu'elle lui insufflait[5] sa propre santé, sa vigueur, et que le jour où elle cesserait de le faire, il mourrait. Il dépendait d'elle.

C'était bizarre. Ceux qui le connaissaient le jugeaient un homme froid, distant, un peu sévère. Elle seule savait que sur ce cœur elle régnait sans partage.

La lampe allumée, elle lui sourit.

– Tu voudrais connaître toute cette vieille aventure, hein ? fit-elle brusquement.

De nouveau, il baissa les paupières. Il ne la regardait jamais en face lorsqu'il lui parlait du passé.

– Eh bien, tu sais que René et moi étions amis d'enfance comme Aline et Gilles, et jamais je n'avais eu pour lui une pensée d'amour. Puis, en 1914, il est parti et alors, le temps, la distance, les dangers qu'il courait, tout cela a transformé le souvenir que j'avais gardé de lui, l'a mêlé de respect... Je ne sais comment te dire... Tu te rappelles ? C'était alors comme aujourd'hui. Un homme ordinaire partait. On était sûr, on ne savait pourquoi, que là-bas, il devenait surnaturel, un héros, et c'était bien la vérité, il devenait étrangement, terriblement un autre. Ainsi, je me souviens de sa première permission. Ses parents étaient âgés. Ils avaient toujours eu l'existence la plus tranquille. Pour fêter le retour de René ils lui payèrent le cirque, ainsi qu'à sa sœur et à moi-même. Ils avaient

3. Elle n'avait jamais dû garder le lit.

4. De le trahir.

5. Communiquait.

longtemps cherché ce qui pourrait procurer le plus de plaisir à leur fils, et ils avaient trouvé le cirque, comme à huit ans. Je crois que je n'oublierai jamais cette soirée, cette loge[1] rouge et or, ces chevaux luisants avec leurs plumes roses sur la tête, et René entre deux gamins, la figure crispée par les bâillements qu'il retenait ! Et les parents murmuraient derrière nous : « Mais il n'a pas l'air de s'amuser ! Qu'est-ce qu'il a ? Comme il est difficile maintenant de lui faire plaisir… ! » Moi, ce soir-là, je crois, je me suis sentie, pour la première fois, amoureuse. Je mesurais si bien la différence énorme qu'il y avait entre nous. Le cirque m'amusait encore, mais lui ! C'était un homme, un héros victorieux ! Qu'il me paraissait beau et que je l'aimais. Et il était beau et digne d'être aimé, fit-elle sans remarquer le frémissement qui parcourait le maigre visage de Georges ; seulement je me trouvais si loin de lui, si loin, que nous n'arrivions pas à nous comprendre. Tout ce qu'il avait vu, tout ce qu'il avait enduré[2], toutes ces habitudes nouvelles, tous ces désirs nouveaux, et moi, je demeurais la même. Je n'avais pas été arrachée de ma famille pour être jetée dans l'enfer, moi ! Je n'avais pas dormi dans la boue, je n'avais pas vu le sang, pas de morts. Alors, avec lui, j'avançais à tâtons dans les ténèbres, sans comprendre. Je lui parlais du passé, de nos petites joies, de nos querelles. Il avait une manière de me regarder…

Elle se tut. Elle revoyait dans sa mémoire ce visage qui en août 1914 avait été celui d'un garçon joufflu, aux joues brunes et roses, qui s'était transformé peu à peu en un masque osseux et dur. Comment exprimer, comment

1. Dans une salle de spectacle, sorte de compartiment contenant plusieurs sièges.
2. Supporté.

La Marraine de guerre, carte postale, 1914-1918.

expliquer à Georges ce regard de René, son ironie, son désenchantement[1] et une profonde et virile colère, à certaines des paroles qu'elle disait, et à d'autres moments cette tendre, cette méprisante pitié…

– Nous nous sommes mariés. Il me trouvait charmante, très fraîche. « Quand je t'embrasse, il me semble que je bois un verre d'eau de source », disait-il. Mais à chacun de ses retours il devenait encore plus étrange, plus lointain, plus étranger. Il ressemblait au René de 1914 comme un homme ressemble à l'enfant qu'il a été. Au fond, je te dis beaucoup de paroles pour expliquer une chose si simple. Nous avions eu le même âge. Maintenant il était vieux. Peut-être l'âge que l'on a se mesure-t-il moins au jour de la naissance qu'à celui de la mort ? Il devait mourir à vingt ans. Il semblait que quelqu'un se hâtait[2] de l'amener à maturité pour le cueillir vite, comme un fruit. Et moi, comme j'étais maladroite. Tantôt je lui parlais de la guerre ; il répondait avec mauvaise grâce[3] et le plus souvent il ne répondait pas. Tu te rappelles, même après, lorsque tout fut fini, les anciens combattants ne parlaient jamais de la guerre. Et on les louait beaucoup pour leur réserve, pour leur pudeur. Parfois, j'ai pensé que s'ils ne parlaient pas, c'est que personne, au fond, ne les questionnait. Nous, les femmes, nous ne les interrogions pas, parce que, d'abord nous avions peur : c'était trop sauvage, trop horrible, trop triste et cruel… Et ensuite une femme est toujours jalouse de la guerre. Qu'ils puissent vivre sans nous, qu'ils se consolent avec leurs camarades et leur métier, que ces mains accomplissent une œuvre de mort, qu'ils existent sans caresses, sans être dorlotés[4],

Après la guerre

En 1918, les anciens combattants peuvent compter, en principe, sur le soutien matériel et moral de la nation. Mais en fait, après des années d'horreur dans les tranchées, ils ont souvent du mal à reprendre la vie civile. Au-delà des hommages qui leur sont rendus, certains ont même le sentiment d'être de trop.

1. Déception mêlée d'un peu de dégoût.
2. Se dépêchait.
3. Sans gentillesse.
4. Gâtés, chouchoutés.

soignés, cela nous choque et nous révolte, comme si nos enfants nous abandonnaient. Je tâchais[5] sans cesse de le ramener vers moi, vers les petites choses, les petites pensées, les devoirs étroits, ces déjeuners du dimanche en famille, et le nouveau petit chapeau, et les histoires de domestiques, et les bons petits plats qu'il aimait. S'il avait été plus vieux seulement, non d'âme mais de corps, s'il avait été mon mari depuis quelques années, si j'avais eu le temps de le façonner, de le féminiser, de l'attendrir – tu sais, les femmes excellent à[6] cela –, ah ! j'aurais été plus forte que le métier, plus forte que la guerre. Mais ce n'était pas ainsi. Il avait une conception de la vie pathétique[7], brillante et dure, qui me consternait[8]. Tout ce qui était raffinement, tendresse, luxe, il avait une manière de balayer cela de la main en disant : « Aucune importance ! » C'étaient ses mots favoris. Il les prononçait vite et bas entre ses dents serrées. Pour lui, ce qui avait de l'importance, c'était la peine des hommes, leurs conditions de vie, l'avenir de la France, l'après-guerre. Moi, je suis une simple femme. Ce qui me plaisait, c'était les petites choses humbles de la vie : les robes, les fleurs, les bavardages, la flânerie.

Elle jouait distraitement avec le bord du drap. Elle songeait : « Dans l'amour, c'était une autre femme qu'il souhaitait, passionnée et grave. Et il avait un tel appétit de vivre. Il pressentait sa mort. Qu'était-ce pour lui, une femme, une seule pauvre femme, la sienne ? Un jour, il me dit : "Je ne peux plus lire de livres de voyages." Je répondais : "Mais nous voyagerons." Alors, lui : "Non, non, trop tard." »

5. J'essayais.
6. Sont très fortes pour.
7. Dramatique.
8. Me désolait.

Elle dit à voix haute :

– Ah ! on ne devrait jamais vous laisser ! On devrait vous garder sans cesse comme des enfants auprès de soi ! vous empêcher de prendre vos plaisirs d'homme, vos joies cruelles.

– Tu m'as gardé…

Elle murmura :

– Oh, toi…

Elle parut revenir à elle. Peu à peu son visage pâle et contracté retrouva son air de douceur aimable, de gaîté légère, son sourire.

– Certainement, toi, mon chéri, tu es un époux modèle. Tu m'as rendue très heureuse. Le sort me devait cette compensation. Mais ce pauvre René… J'ai pensé parfois que s'il n'avait pas été tué en 17 il aurait fini par me quitter. La vie bourgeoise lui faisait horreur. À sa dernière permission pourtant…

Elle détourna les yeux et acheva très vite :

– Comme il était tendre, ce dernier soir… « Tu verras, mon petit, je reviendrai et nous serons heureux ensemble. C'est toi qui as raison, disait-il. Tous, là-bas, nous commençons à croire que ce sont les obus, les torpilles, les flammes qui sont les seules réalités, et vous paraissez si petites, alors, avec vos petits soucis, vos petits bonheurs. Et, parfois, la colère nous prend. On voudrait secouer les gens par les épaules, leur dire : “Mais, brutes imbéciles, comment pouvez-vous continuer à vivre, à manger, à dormir, quand il y a ça, cet enfer où on nous plonge et d'où on nous retire à dates fixes comme des poissons d'un aquarium… Et vous, ce sont les mailles de vos bas qui sautent, et le gâteau qui n'était pas assez cuit, et la tante Lucie qui sera froissée[1] si je ne vais pas lui rendre visite ?" Mais, au fond, c'est vous qui avez raison, c'est toi ! La guerre n'est qu'un accident. La mort n'est qu'un accident. Ce qui reste, ce qui est éternel, ce qui ne passera pas, c'est cela, cela et cela », disait-il, et il touchait, je me rappelle, la dentelle de ma chemise de nuit, les draps brodés et un dessin de fleur sur la cretonne[2] des murs. C'était sa dernière permission. Il a été tué le mois suivant. Quand j'ai eu Aline…

Elle s'interrompit, regarda Georges d'un air plaintif et étonné.

– Je n'ai jamais su comment prendre Aline. Tu me disais qu'elle ressemblait à son père ? Non, c'est moi qui étais la même dans mes manières d'être, avec l'un et avec l'autre, avec le père et avec la fille. J'avais reporté sur Aline les sentiments d'amour maladroit et d'effroi que m'inspirait mon mari. Je voulais sans cesse la rapprocher de moi, la faire semblable à moi. Avec les autres enfants, j'ai été plus sage, n'est-ce pas ?

– Tu es la meilleure des mères. Les enfants t'adorent.

– Je n'ai jamais su prendre Aline, répéta-t-elle tristement.

Ils demeurèrent silencieux.

– En somme, j'ai eu une triste jeunesse, dit-elle.

Il songeait : « Moi, si je l'ai tellement aimée, c'est peut-être à cause de ce héros mystérieux qui l'avait possédée ! Car, moi, je n'ai pas fait la guerre. Oh, ce n'était pas ma faute. J'avais toujours eu une santé délicate. On m'a envoyé gratter du papier[3] dans un bureau à

1. Vexée.
2. Tissu tendu sur les murs.
3. Occuper un modeste emploi dans l'administration.

Carcassonne[1]. Je ne pouvais rien faire de mieux. Mais lui, son mari, était un guerrier. Je connaissais sa conduite au feu[2], ses citations, son calme, son courage. Je l'admirais. Je le jalousais. Et voici que cette femme, il n'a pas su la rendre heureuse, tandis que moi… »

À voix très basse, presque honteuse, il murmura à son oreille :

– Mais lorsqu'il a été tué tu l'aimais, bien entendu… Mais tu n'étais plus… tu n'étais plus amoureuse, Marie-Louise ?

Elle tourna vers lui un regard distrait et brillant.

– Est-ce que je pense encore à tout cela ? dit-elle avec impatience. Je ne pense qu'à Aline, en cet instant ; j'ai peur pour elle. Pourvu que Gilles la comprenne ! Pourvu que Gilles soit un bon mari ! Qu'elle soit aimée, ma petite fille ! Qu'elle soit la première dans son cœur ! Qu'il n'ait pas d'autres désirs, d'autres rêves que celui de la rendre heureuse comme tu as su me rendre heureuse, chéri.

Elle le sentir frémir contre elle.

– Marie-Louise, je n'ai vécu que pour toi… Mon travail, mon ambition, ma réussite sociale, matérielle, que sais-je ? Tout cela n'était qu'en fonction de ton existence, de ton bonheur… Les enfants, eh bien, les enfants eux-mêmes me sont chers d'abord parce qu'ils sont de toi, et tu le sais ! Tu sais que j'aime également[3] les garçons et Aline dont je ne suis pas le père. Comprends-tu, sens-tu que peu de femmes ont été adorées aussi follement que toi ? M'en as-tu un peu de reconnaissance ? dit-il plus bas. Tu parlais de ce pauvre René…

La citation militaire

Lorsqu'un soldat ou l'unité dans laquelle il combat se sont distingués par leur bravoure, ils font l'objet d'un rapport officiel qui honore leur conduite. Ce rapport est nommé « citation ».

1. Ville du Sud de la France.
2. Au combat.
3. À égalité.

Elle ne put réprimer un mouvement d'irritation. Pourquoi disait-il toujours « ce pauvre René » ? Il n'eût pas aimé[4] cela ! Il était si orgueilleux. C'était une marque de dédain[5], songea-t-elle. Il ne lui inspirait pas, ce garçon mort si jeune, la pitié étrange que l'on éprouve envers les morts ! Elle l'imaginait glacé, hautain[6], indifférent, mais vivant encore, quelque part auprès d'elle dans les ténèbres, les regardant avec son sourire étrange et cette sombre colère au fond de ses yeux. Comme elle l'avait vite oublié. Comme elle avait dansé après la guerre ! Comme elle s'était vite remariée ! Quel appétit de vivre ! « René, je l'ai à peine connu, je l'ai à peine aimé, pensait-elle, nous avons été séparés si vite. » Et parfois avec une sourde[7] colère, elle avait songé : « Qu'aurait-il voulu de moi ? Que je lui demeure éternellement fidèle ? Pourquoi ? Parce qu'il est mort à la guerre ? La guerre est une chose, et la vie en est une autre. Et pourquoi se moque-t-il de Georges ? pensait-elle comme si René eût été[8] vivant : Georges est faible, mais il est bon et il m'aime. Les femmes ont besoin d'être préférées. Ce ne sont pas des êtres d'acier et de feu que nous voulons serrer dans nos bras, mais des hommes simples et amoureux. Un héros ? Pour qu'il aime l'aventure, la guerre, la camaraderie plus que nous ? Non merci, non merci ! C'est drôle, nous voulons bien avoir des héros pour fils, mais pour amants… ou alors, qu'ils oublient pour nous leur héroïsme, qu'ils nous mettent au-dessus de lui et avec lui, qu'ils nous l'apportent en hommage. Non, je n'ai pas aimé René, pensa-t-elle. Je n'ai pas été heureuse avec lui. »

4. Il n'aurait pas aimé.
5. Mépris.
6. Méprisant.
7. Cachée.
8. Avait été.

Elle s'aperçut tout à coup que Georges continuait à parler avec beaucoup de chaleur, mais elle n'avait entendu que le son de sa voix, et non le sens des paroles.

– Dis, tu sais qu'il est trois heures ?

Il se tut.

– Ouvre la fenêtre, veux-tu ? J'ai oublié…

Il se leva et alla, pieds nus sur le tapis, ouvrir la fenêtre à tâtons. Quand il revint auprès d'elle, elle dormait déjà.

À huit heures, un coup de téléphone réveilla Marie-Louise. C'était Aline. Elle partait avec Gilles. Elle l'accompagnerait, disait-elle, jusqu'à Blois, où il devait rejoindre son corps[1]. Elle quittait Paris dans une demi-heure. Elle voulait dire adieu à sa chère maman, lui assurer qu'elle était heureuse.

Sa voix avait changé, pensa la mère ; elle était vibrante et grave. Elles se dirent au-revoir. Marie-Louise, passionnément, songea : « Mais c'est moi, c'est ma jeunesse ! C'est le bonheur que je n'ai pas pu avoir ! Cette guerre ne ressemblera pas à l'autre. Il reviendra. N'est-ce pas, René ? » murmura-t-elle avec fièvre, s'adressant à l'invisible.

Dans cet antichambre obscure – on n'avait pas tiré encore les lourds rideaux sombres qui masquaient toutes les lueurs – un étrange sentiment de joie la saisit, une conviction profonde que la mort n'existait pas, que René se trouvait auprès d'elle, qu'elle le retrouverait un jour, lui, le seul homme qu'elle eût aimé.

Elle entendait le souffle de Georges, endormi. Georges ?… Oh, oui… elle l'avait oublié. Elle comprit tout à coup ce qui lui avait manqué pendant toute son

1. Son régiment.

existence. Il l'avait aimée, mais qu'est-ce que cela signifie ? « Les autres ne peuvent rien nous donner ; ils ne nous atteignent pas », songea-t-elle. Ce qui compte, c'est la source qui jaillit de soi-même de son propre cœur.

Elle entrevoyait comme un rai[2] de clarté furtif[3] échappé à une grande et brillante lumière, une compensation, une justice, dans le fait qu'Aline recommençait la vie qui avait été celle de sa mère, mais avec des chances de bonheur.

Elle regagna son lit chaud, se coucha auprès de Georges mais sa pensée infidèle le fuyait, rejoignait l'homme de sa jeunesse, lui parlait, l'assurait de son amour comme un vivant.

Elle s'endormit.

2. Rayon.
3. Rapide.

Jacques Moreau, *Soldats français dans une tranchée, à Verdun*, 1917, photographie.

Pause lecture 1

L'émergence d'un secret l. 1 à 248, p. 13 à 21

Avez-vous bien lu ?

Pourquoi Aline a-t-elle voulu un mariage sans grande cérémonie ?

❑ Son mari doit repartir à la guerre.

❑ Elle déteste les obligations mondaines.

❑ Elle voulait contrarier sa mère.

Le couvre-feu à Paris

1 Où et quand se situe l'action ? Appuyez votre réponse sur des citations. Quelle atmosphère est ainsi créée ?

« Un ménage modèle »

2 Quel regard Georges porte-t-il sur son épouse ? Relisez les lignes 46 à 58 : quels sentiments contradictoires Marie-Louise éprouve-t-elle pour son mari ?

3 De quel point de vue le personnage de Georges est-il évoqué ?

« Le sujet défendu »

4 Depuis combien de temps le couple est-il marié ? Quel est le sujet dont les époux ne parlent jamais ? Pourquoi ?

5 Quel souvenir le mariage de sa fille réveille-t-il chez Marie-Louise ? Pourquoi ce mariage l'inquiète-t-il ? Quelles sont les conséquences physiques de cette inquiétude ?

6 Montrez que ce souvenir est douloureux pour Georges. Que souhaite-t-il quand même savoir ?

Résurrection d'une histoire d'amour l. 249 à 397, p. 21 à 27

Avez-vous bien lu ?

À quel moment Marie-Louise est-elle tombée amoureuse de René ?

❏ En jouant avec lui dans leur enfance.
❏ En apprenant à le connaître après leur mariage.
❏ En le revoyant au cirque.

Une confidence

1 En quoi l'histoire d'Aline et de Gilles ressemble-t-elle à celle de Marie-Louise et de René (circonstances historiques et personnelles) ?

2 Relisez le début de la confidence. Comment Marie-Louise essaie-t-elle d'impliquer son mari dans la confession ? Continue-t-elle ensuite ? Pour quelle raison, à votre avis ?

3 Comment Georges réagit-il au récit de son épouse ?

Le guerrier et l'amour

4 Pourquoi René ne s'amuse-t-il pas au cirque, où ses parents l'ont invité ? Quel changement physique et moral le jeune homme a-t-il subi depuis son départ à la guerre ?

5 Montrez que Marie-Louise et René incarnent deux univers incompatibles. Quelles valeurs chacun des deux représente-t-il ?

6 Montrez que l'attitude de René change le dernier soir (l. 376 à 397). Qu'est-ce qui devient le plus important à ses yeux ? En quoi est-ce tragique ?

Retour au présent l. 398 à 519, p. 27 à 31

Avez-vous bien lu ?

Pourquoi Georges n'a-t-il pas été envoyé au front pendant de la Première Guerre mondiale ?

- ❑ Parce qu'il était bloqué dans le Sud de la France.
- ❑ Parce que sa santé ne le permettait pas.
- ❑ Parce qu'il avait des protecteurs haut placés.

La victoire de Georges ?

1 Relisez les lignes 413 à 422. Qu'a retenu Georges de la confidence de sa femme ?

2 Quelle phrase de Marie-Louise entraîne la déclaration d'amour de son mari ? Quelle relation nouvelle, à partir de ce moment, semble s'installer entre les époux ?

3 Reconstituez les différentes étapes du raisonnement de Marie-Louise (l. 447 à 475). Quels reproches Marie-Louise adresse-t-elle à René ? À quelle conclusion arrive-t-elle ? Quel serait le sens de la nouvelle si elle s'arrêtait à la ligne 475 ?

Le seul amour

4 En quoi le coup de téléphone d'Aline provoque-t-il un retournement de situation ?

5 Comparez la réaction de Marie-Louise (l. 492 à 496) à celle qu'elle avait eue au début de la nouvelle « C'est mon histoire qui recommence là », disait-elle (l. 184-185) : qu'a-t-elle compris désormais ?

6 Quel autre secret existe maintenant entre les époux ?

Vers l'expression

Vocabulaire

1. a. L'adverbe *timidement* et la locution *avec révérence* (l. 55) ont la même fonction grammaticale : laquelle ?

b. Remplacez les locutions suivantes par un adverbe de même sens.
Avec difficulté (l. 187) – avec impatience (l. 429-430) – avec fièvre (l. 495).

c. Remplacez les adverbes suivants par des groupes nominaux.
Doucement (l. 10) – timidement (l. 55) – gaiement (l. 59) – distraitement (l. 86) – fermement (l. 127) – simplement (l. 130) – follement (l. 444).

2. L'adjectif *funeste* (l. 141) et le substantif *funérailles* ont le même radical. Isolez celui-ci et trouvez-en le sens en rapprochant les deux mots. Cherchez un troisième terme composé avec le même radical.

3. *Gratter du papier* (l. 417) signifie « occuper un modeste emploi dans l'administration ».

a. Expliquez la métaphore dans cette expression et dans les suivantes.
Gratter la guitare – gratter la terre – gratter les fonds de tiroir.

b. Employez une de ces trois dernières dans une phrase qui permettra de la comprendre.

À vous de jouer

Écrivez une lettre

Quelques jours après, Marie-Louise écrit une lettre à une amie d'enfance. Elle lui raconte le mariage précipité d'Aline, et lui fait part de ses doutes et de ses espoirs. Elle évoquera discrètement son premier mariage.

Du texte à l'image

Observez le tableau → voir dossier images p. I

Edward Hopper (1882-1967),
Room in New York, 1932,
huile sur toile (73,5 × 91,5 cm),
Sheldon Museum of Art Lincoln,
Nebraska.

1 Quel lien ont vraisemblablement les deux personnages représentés ? Où se trouvent-ils ?

2 À quoi chacun d'eux est-il occupé ? Observez leur position et leur attitude. Que devine-t-on de leurs relations ?

3 Observez la construction du tableau : d'où les personnages sont-ils vus ? Quel rôle cela donne-t-il au spectateur ?

4 Selon vous, comment ce tableau peut-il faire écho à la nouvelle *En raison des circonstances ?*

Lire

La Confidente

Mars 1941

texte intégral

Qui sont les personnages ?

Robert Dange

Ce pianiste virtuose, veuf inconsolable, revient sur les lieux où Florence, sa jeune épouse, est morte quelques mois plus tôt.

➨ *Quel secret va-t-il découvrir ?*

Camille Cousin

C'est cette « vieille fille » sans charme, modeste institutrice dans un village de province, que Robert Dange vient interroger sur la mort de son épouse.

➨ *Quel rôle a-t-elle joué dans la vie de la défunte ?*

Florence Leblanc

Cette jeune femme séduisante, passionnément aimée par son époux, avait un passé qu'il ne connaissait pas.

➨ *Quelle était sa vraie personnalité ?*

Ici, elle avait goûté pour la dernière fois le doux sommeil des vivants. Il se rappela qu'elle dormait comme une enfant, ses bras nus croisés sur son cœur. Il s'approcha du lit où elle avait passé la nuit avant l'accident ; il toucha l'oreiller froid, les draps blancs. Il oubliait qu'il se trouvait dans une maison inconnue et qu'une femme le suivait. Il pénétrait le premier dans chaque pièce. Il ouvrait les fenêtres, les placards. Il demandait :

– À table, où était sa place ?

Ou bien :

– C'est dans cette armoire qu'elle mettait ses robes ?

Il écoutait une voix discrète et basse répondre :

– Elle s'asseyait là… Ses robes étaient dans la chambre bleue, son linge dans la grande commode, dans l'alcôve[1]…

Il regardait cette étrangère qui se tenait debout auprès de lui ; elle avait soigné Florence mourante, elle avait tenu ses belles mains dans les siennes, elle l'avait habillée pour le cercueil. C'était une personne pâle et effacée, vêtue de simples vêtements noirs, coiffée d'un chignon épais et serré, chétive[2], laide, aux yeux de Roger Dange à peine une femme. « Comment sa délicate, sa brillante Florence avait-elle gardé un attachement si vif à cette terne créature ? à cette pauvre institutrice de province, son amie d'enfance ? C'était inconcevable. Et pourquoi était-il parti si loin ? Pourquoi avait-il accepté cette tournée de concerts au Mexique ? » pensa le veuf. Florence avait d'abord décidé de le suivre puis, une semaine avant le départ, elle avait changé d'avis et annoncé qu'elle vivrait chez son amie jusqu'au mois de mars. Il s'était

1. Recoin d'une chambre.
2. Maigre.

Le type de la vieille fille

À une époque où le mariage était presque une obligation sociale, on qualifiait péjorativement de *vieux garçons* et de *vieilles filles* des personnes encore célibataires à un âge déjà mûr. Si le vieux garçon était gentiment moqué pour sa routine un peu maniaque, la vieille fille était devenue un véritable type littéraire, mélange de mesquinerie et d'aigreur (voir *La Cousine Bette* de Balzac).

réjoui alors. Il craignait pour la santé de Florence, mal remise d'une fausse couche, un si long voyage. Marié depuis deux ans, sensiblement plus âgé que sa femme, il était amoureux, il était jaloux ; il préférait la savoir dans ce village perdu, auprès de Mlle Cousin (c'était le nom de la vieille fille. Étrange qu'il pensât à elle comme à une vieille fille… Elle n'avait que dix-huit mois de plus que Florence, il le savait, et Florence devait avoir, aurait dû avoir trente ans cette année…). Oui. Il avait préféré la savoir ici qu'entourée d'hommes. Il crut l'entrevoir tout à coup dans cette chambre sombre, le miroir levé dans sa main de son geste charmant, lorsqu'elle poudrait la naissance de sa gorge et de son cou. Il porta la main à son front et la retira mouillée de sueur ; pourtant la maison était glacée. Après un long silence, la voix effrayée de Mlle Cousin parvint enfin jusqu'à ses oreilles bourdonnantes :

– Monsieur Dange, vous êtes malade !

Il dut s'appuyer à son bras pour regagner la salle à manger. Le petit poêle était allumé et il se sentit mieux.

– Je vais vous quitter maintenant, murmura-t-il. Je vous demande pardon, je crois que j'ai pris froid en venant ici.

Elle avança un fauteuil vers le feu.

– Vous ne pouvez pas partir à présent. Il fait si froid et vous êtes blanc comme un linge, monsieur Dange

– Mais je vous dérange…

– Non, fit-elle doucement.

Elle ajouta quelques bûches au poêle et sortit. Une petite servante vint fermer les volets et Mlle Cousin apporta une tasse de thé brûlant. C'était un soir de février, dans une campagne ténébreuse et humide. Il soufflait grand vent. Les deux sapins plantés devant la porte craquaient et gémissaient, et une branche à demi brisée heurtait le mur à intervalles réguliers, comme si quelqu'un, dehors, dans l'ombre, eût demandé[1] l'asile. À chaque coup, Dange tressaillait.

– Il faudra que je les fasse abattre, dit Mlle Cousin. D'ailleurs, ils interceptent[2] la lumière.

– Mademoiselle, je voudrais entendre encore une fois de votre bouche le récit de cette dernière journée, tous les détails de l'accident.

– Mais je vous ai tout écrit. Florence m'avait dit la veille qu'elle comptait se rendre à Paris dans la matinée pour y passer trois ou quatre jours. Elle s'est levée de bonne heure… enfin, de bonne heure pour elle… il était neuf heures. Les classes venaient de commencer. Je ne l'ai pas vue partir. Mais j'ai entendu le bruit qu'a fait l'auto en se retournant sur la route. Il avait plu. La voiture a dérapé sur la place du bourg[3], devant le monument aux morts. Elle a fait une embardée[4] terrible, a heurté le petit mur qui se trouve devant la maison des Simon. Oh, je ne peux vous décrire ce bruit, on aurait dit un coup de tonnerre, et ces vitres qui se cassaient en tombant… Le village est petit et calme, vous avez pu le voir, monsieur Dange, et le fracas[5] avait attiré tout le monde sur la place. Des fenêtres de l'école, on voyait tout. J'ai aussitôt accouru vers elle. La voiture était brisée. On a retiré la pauvre femme des décombres[6]…

– Elle était défigurée ? demanda Dange.

1. Avait demandé.
2. Arrêtent.
3. Village.
4. Un écart brusque.
5. Vacarme.
6. Des débris de la voiture.

Ses mains de musicien, expressives, tendres et fortes à la fois, étaient étendues vers la chaleur du poêle et l'extrémité des longs doigts tremblaient. Mlle Cousin se hâta de répondre :

– Non, non, le visage était intact.

– Mais le corps ?

– Le corps ?

Elle hésita, se souvenant de ces jambes littéralement broyées.

– Les blessures n'étaient pas apparentes, dit-elle enfin.

– Elle vivait encore ?

– Elle respirait. On l'a transportée ici. On s'était procuré une civière[1]. On la portait tout doucement. Elle ne paraissait pas souffrir.

– Vous me donnerez le nom des braves gens qui l'ont secourue. Je veux leur laisser quelque chose.

– Oh ! ce n'est pas la peine.

– Si, si… et dites-moi encore… vous avez fait venir le docteur tout de suite, n'est-ce pas ? et il n'y avait rien, rien à faire ? Ah ! si j'avais été là, seulement ! Pourquoi suis-je parti ? C'est étrange, je l'ai quittée avec une grande angoisse… Tout dans ce voyage m'était odieux d'avance. Deux fois j'avais fait retarder la date du départ. Mais nous avions dépensé beaucoup d'argent et ces concerts étaient royalement payés. L'imprésario[2], sur ma demande, s'était montré d'une exigence aberrante[3]. J'espérais, je pense, qu'ils refuseraient ou du moins marchanderaient, ce qui me donnerait un bon prétexte pour rompre. Mais non, ils ont consenti à tout. Je suis parti et, quinze jours après, votre câble[4] m'annonçait la mort de Florence. J'ai honte

1. Brancard.
2. Agent d'un artiste, s'occupant des questions financières.
3. Déraisonnable.
4. Télégramme, message court, transmis rapidement.

de venir à présent seulement vous remercier de ce que vous avez fait pour elle. Je ne croyais pas que j'aurais le courage d'entrer dans cette maison, de voir la chambre où Florence est morte, ni vous, mademoiselle.

– Je comprends. Buvez votre thé, monsieur Dange. Tenez, j'ai ajouté une petite cuillerée de rhum.

Il repoussa la tasse qu'elle lui présentait.

– Ce voyage… Avait-elle dit pourquoi elle partait ?

– Non, elle n'a rien dit.

– C'est bien le 4 décembre, n'est-ce pas, qu'elle a été tuée ?

– Oui, il y a eu ce lundi exactement deux mois.

Il la regarda, voulut ajouter quelque chose, ouvrit la bouche, puis son maigre visage parut se convulser[5] dans une silencieuse grimace de souffrance ; il se tut.

Mlle Cousin baissa la tête. Le seul trait en elle qui forçât l'attention était une mèche épaisse d'un blanc d'argent dans ses cheveux noirs. Elle la lissa machinalement de la main ; elle portait une bague de deuil à l'ancienne mode, ornée de jais[6]. Roger Dange la vit et un réflexe de bonne éducation lui fit demander distraitement :

– Vous avez perdu quelqu'un ?

– Un cousin, un jeune homme de vingt-cinq ans.

– Ah, il y a longtemps ?

– Il y a…

Elle s'interrompit.

– Il y a quelques mois, dit-elle enfin. Monsieur, j'ai suivi exactement vos instructions. Elles sont arrivées trop tard, hélas ! pour la dernière toilette, mais, par un singulier hasard, j'ai habillé Florence comme vous le désiriez

5. Se contracter.
6. Pierre d'un noir luisant.

de la robe que vous m'aviez indiquée. Le corps est parti pour Paris le 6 décembre et tout a été fait ensuite selon vos désirs.

– Vous la connaissiez bien, n'est-ce pas ?

– Oui, nous étions amies d'enfance. Nous sommes nées dans le même petit village du Jura, vous le savez.

– Je sais… Je sais peu de chose d'elle, maintenant que j'y pense. Nous avons été mariés deux ans. Avant cela, je l'avais rencontrée au théâtre, où elle voulait faire ses débuts. Quelle voix délicieuse elle avait ! Pas assez puissante, peut-être, pour une carrière théâtrale, mais le soprano[1] le plus pur que j'aie jamais entendu. Presque tout de suite nous nous sommes aimés. Ces deux ans ont passé si vite, et mes concerts, ma carrière, la radio, tout cela nous prenait, nous volait tant d'heures. Que reste-il ? Les confidences et les souvenirs, deux jeunes époux les mettent tacitement[2] de côté, comme du pain sur la planche pour la vieillesse, on ne veut pas perdre un instant pour l'amour.

Elle fit un mouvement et il pensa qu'il avait scandalisé la vieille fille. Il se tut. Le mot « amour » et surtout l'accent fervent et rauque[3] dont il avait été prononcé semblaient demeurer entre eux, vibrer et s'éteindre doucement comme le son bas d'un violoncelle. La pièce était très sombre ; une lampe de travail, à l'abat-jour vert incliné, éclairait une pile de cahiers ouverts sur une table.

– Je suis impardonnable. J'arrive, je vous arrache à votre travail, je vous pose des questions sentimentales et absurdes. Tout cela pour entendre une fois encore ce que vous m'avez déjà décrit dans vos lettres et ce que ni vous

1. La plus aiguë des voix de femme.
2. Sans avoir besoin de le dire.
3. Sourd et voilé.

ni moi ne pouvons changer... Vous devez me trouver étrange, à demi fou.

– Mais non, je comprends si bien, monsieur Dange. Un coup si terrible...

Il eut un petit geste d'impatience.

– Attendez... Je dois vous dire... Je suis particulièrement troublé parce qu'il est arrivé une chose... Oh, sans nul doute, c'est un malentendu, mais... Enfin, vous m'assurez que ce voyage à Paris, le voyage au cours duquel elle a été tuée, Florence vous en avait parlé la veille ?

– Mais... oui.

– Sans donner aucune raison de cette absence ?

– Mais il s'agissait d'un déplacement de quelques jours. Et d'ailleurs, elle n'avait pas à me donner de raison. Il est possible qu'elle m'ait parlé d'un essayage ou d'une séance chez le dentiste, mais je l'ai oublié. Je ne comprends pas quelle importance...

– Mon courrier ne m'avait pas atteint à Mexico, il était demeuré en souffrance[4] à la poste restante[5] ; il ne m'a été réexpédié que tout récemment. Je l'ai reçu il y a quatre jours. Il contenait deux lettres de Florence.

– Oui ?

– La première datée du 4 décembre, c'est-à-dire du jour même de sa mort, et la deuxième du 5, du lendemain par conséquent.

– Sans doute est-ce une erreur, dit Mlle Cousin en laissant échapper une bûche qu'elle tenait sur ses genoux et qu'elle allait jeter dans le feu. Avez-vous examiné le cachet de la poste ?

4. En attente.
5. Bureau de poste où le destinataire doit venir retirer son courrier.

– La première a été mise à la boîte le 4 décembre et, la deuxième, le 5.

– C'est... incompréhensible.

– Oui, n'est-ce pas ? Je ne vois qu'une explication : ces quelques jours qu'elle devait passer à Paris s'annonçaient si pleins, si heureux, ils étaient si chargés de promesses que ma femme se débarrassait à l'avance de la corvée de lettre quotidienne imposée par moi. Elle chargeait quelqu'un de les mettre à la poste en son absence pour que le lieu d'origine fût toujours le même. Il est possible qu'elle ait pu expédier la première lettre, qu'elle se soit arrêtée à la poste quelques instants avant l'accident, mais la seconde a dû être confiée à quelqu'un d'autre, à un gamin du village peut-être, qui ignorait sa mort ou qui n'était pas assez malin pour comprendre qu'il ne fallait pas envoyer cette lettre, puisqu'elle était morte. Oui, c'est ainsi que les choses ont dû se passer.

– Mais... dans ces lettres, rien ?

– Rien sur son séjour à Paris, vous voulez dire ? Non. Pas un mot. Ces lettres... oh, comme elle seule savait les écrire : ravissantes, tristes et folles... Elle parlait de musique, de ces grands sapins devant votre porte, mademoiselle, de la neige, de ses lectures. Celle qui était datée du 5 décembre commençait ainsi :

Il ferma les yeux et récita à mi-voix : « Il a plu très fort, cette nuit, sur la terre couverte de neige. Une pluie furieuse, une neige candide[1] comme une jeune fille fouettée par des sorcières... Je crois que j'ai pris froid. Je me suis levée très tard... » Et cela continuait à propos de « *La Petite Musique de nuit* de Mozart et des roses

1. Pure.

de Noël qui étaient mortes à la Toussaint, malgré les traditions »…

Il se tut.

– Je ne comprends pas, dit faiblement Mlle Cousin.

– Ce malaise dont elle parlait, c'était pour demeurer deux ou trois jours tranquille à Paris, sans m'écrire. J'aurais appris ensuite qu'elle avait une grippe légère, qu'elle était guérie.

– Mais rien ne l'empêchait de vous parler de ce voyage, voyons ! Elle aurait pu inventer le motif le plus légitime[2].

– J'ai interrogé les domestiques. Elle n'avait pas donné d'ordres pour son arrivée. Jamais elle ne survenait ainsi à l'improviste[3]. Elle aimait que tout fût prêt pour elle : le feu, le bain, les fleurs… Elle ne comptait pas coucher à l'appartement cette nuit-là, j'en suis sûr. Il était naturel, dans ces conditions, qu'elle préférât garder secret son voyage.

– Mais, monsieur, les motifs les plus innocents, je le répète…

– Allons donc ! fit-il en la regardant fixement. Vous comprenez bien qu'il n'y a pas une ombre de doute. Il suffit de voir l'expression de votre visage, mademoiselle. Et les faits sont clairs. Mais n'ayez pas peur, je ne vous demanderai rien, ajouta-t-il en s'efforçant de sourire, ni le nom de l'amant, ni la durée de la liaison. Vous ne me les diriez pas. Vous étiez très attachée à Florence. Vous l'avez aidée de votre mieux à me tromper. À présent, vous garderez fidèlement ses secrets, plus fidèlement que jamais, j'en suis sûr. Pourtant, vous devez savoir bien des choses. Mais, je vous le répète, je ne vous poserai aucune

2. Acceptable.
3. Sans avoir prévenu.

question indiscrète. Mon désir était de parler de Florence à quelqu'un qui l'a bien connue, qui l'a aimée, de parler d'elle longuement, tendrement… une dernière fois. Vous aviez pour ma femme une grande amitié ?

Elle ne répondit pas.

« C'était un être tellement exceptionnel, n'est-ce pas ? J'ai toujours été humble vis-à-vis d'elle. J'admettais parfaitement qu'un jour elle me tromperait ou me quitterait. On sait bien qu'un jour on doit mourir. J'avais vingt-deux ans de plus qu'elle.

– Mais qu'est-ce que vous dites ? Mais comment pouvez-vous parler comme ça ? » Elle parlait bas et vite, avec une grande véhémence[1]. « Vous, monsieur Dange ? Mais vous ne savez donc pas ce que vous êtes ? Vous n'avez donc jamais vu la salle, pendant un de vos concerts, tous ces gens qui vous admirent, qui vous remercient, qui vous aiment ? Oui, ils vous aiment, monsieur… Vous autres, artistes, vous vivez dans un monde, un monde… »

Elle chercha ses mots, leva vers lui ses yeux vifs et brillants.

– Un monde sublime. Et nous, nous ne sommes rien, de pauvres créatures inutiles. C'est si rare, si beau, un grand artiste qui se penche vers nous, qui nous sort de notre médiocrité, qui parle pour nous. C'est immense, ça, monsieur. C'est presque un devoir pour vous de le comprendre. Pardonnez-moi de vous parler ainsi. Si j'ai l'air de vous faire la leçon, c'est parce que je vous admire tellement. Qu'est-ce que ça pouvait faire que vous ayez vingt-deux ans de plus que Flora ?

– Comment ?

1. Violence.

– Que Flora, répéta-t-elle. Elle s'appelait Flora, voyons, vous savez bien… Florence est le nom qu'elle avait pris pour entrer au théâtre. Vingt-deux ans de plus qu'elle ! Mais vous, vous, un génie, un des grands musiciens de ce temps ! C'est un grand honneur que vous lui avez fait de l'élever jusqu'à vous.

Il la regarda tristement.

– Oh ! que vous êtes ignorante, dit-il avec douceur. Je suis célèbre, oui, mais ça… Autrefois, j'ai été quelqu'un, sans doute, digne de toutes vos louanges. Mais la gloire, vous savez, c'est un fruit amer qu'on récolte lorsque l'arbre est tombé.

– Je ne comprends pas, fit-elle. Pour moi, vous êtes un homme au-dessus de l'humanité. Votre humilité[2] n'est pas admirable : elle est morbide[3].

– L'homme qu'elle a aimé devait être plus brillant, plus profond que moi. Je l'imagine semblable à moi-même jeune.

– Semblable à vous ?

Elle secoua la tête.

– Oh ! non, monsieur Dange, il ne vous ressemblait pas, allez !

Elle se tut ; elle paraissait attendre qu'il lui posât enfin une question, mais il ne demanda rien ; il étendit la main vers la petite table à peine visible dans l'ombre, chercha la tasse de ses mains tremblantes.

– Est-ce qu'il reste encore un peu de thé ?

– Je vais vous en apporter.

– Non, non, je vous en prie, ne bougez pas. J'adore le thé froid et je meurs de soif.

2. Modestie.
3. Malsaine.

Il but avec avidité le thé couleur de brique.

– Vous avez tant de sympathie pour moi, dit-il en hésitant un peu, baissant vers le feu son maigre visage. Mais vous l'avez aidée à me tromper.

– Je ne l'ai pas aidée. J'ai fait de mon mieux, au contraire, pour lui faire entendre raison, mais je…

– Oui, je comprends, on ne résistait pas à Florence. Sa beauté, sa grâce, cet air impérieux et, en même temps, détaché… Oui, c'est cela le mot que je cherchais. Elle mettait tant de détachement dans ses relations sociales, amoureuses. Elle semblait distraite et froide par moments. J'ai connu des gens qui assuraient qu'elle était superficielle et pas très intelligente. Mais, n'est-ce pas, l'intelligence ne signifie rien ? Ce grain de tristesse et de folie qui était en elle… Ses lettres… Dieu, que j'aimais ses lettres ! Il y a quatre jours, quand je vis son écriture sur ces enveloppes réexpédiées du Mexique, je ne peux vous exprimer ce que j'ai ressenti. Je tremblais. C'était déchirant et doux à la fois… Pour moi, tout est fini maintenant, n'est-ce pas ? Je ne suis pas un créateur. Je ne suis qu'un interprète. À la longue, cela devient insuffisant et ingrat[1]. Vous ne pouvez pas comprendre. Je retrouve les disparus, je les rends à la vie. C'est un métier de médium[2]. Malheureusement, moi, Roger Dange, je suis stérile[3]. Rien ne naît de moi. Je ne laisserai pas un enfant, pas une œuvre. Pas un amour, rien.

– Un nom éclatant…

– Je suis abruti de tout ça, dit-il tout à coup d'une voix différente. Il entrouvrait ses lèvres avec peine. Je ne dors pas depuis quatre nuits malgré des somnifères à doses

1. Décevant.
2. Personne qui affirme pouvoir communiquer avec les absents ou les morts.
3. Je ne produis rien.

Le pianiste et compositeur Wilhelm Kempff (1895-1991), lors d'un concert en Roumanie, 1938, photographie de Willi Ruge.

massives. Ils ne sont pas suffisants pour me donner le sommeil, mais ils me font vivre dans un état intermédiaire entre le rêve et la veille. C'est très bizarre. Et puis, cette chambre, ce feu… J'ai la fièvre.

– Voulez-vous vous étendre ? Je vous préparerai un bon lit, vous dormirez et…

– Mais puisque je vous dis que je ne peux pas dormir ! s'exclama-t-il avec irritation[1]. Non, laissez-moi. Je suis bien là. Croyez-moi. Si vous me voulez du bien, ne me parlez pas de moi-même, mais de Florence seulement, de Florence… Les choses les plus simples, les plus triviales[2]. Sa robe, par exemple. Comment était-elle habillée le jour de sa mort ? Puisqu'il faisait très froid, elle devait avoir son grand manteau gris de voyage, au col de loutre[3] ? Et son chapeau ?

– Son chapeau ? murmura distraitement l'institutrice. Écoutez, monsieur Dange…

Elle s'interrompit et tomba dans une profonde rêverie.

– J'ai de vieux souvenirs, dit-elle enfin, des portraits, des lettres de Flora… de Florence. Voulez-vous les voir ?

Il fit signe que oui. Alors elle se leva et prit sur la cheminée une photo qu'elle lui tendit et qui représentait vingt petites filles en tablier noir et en sabots dans la cour d'une école. Elles étaient mal peignées et tournaient les pieds en dedans. C'étaient de grosses petites campagnardes de treize, quatorze ans, massives, le buste carré, enfoncées dans leurs blouses raides et leurs gros lainages.

– Florence là-dedans ? dit-il avec un sourire tendu et amusé. Elle devait ressembler à un cygne parmi les canards.

1. Colère.
2. Banales.
3. Fourrure.

– La voici, dit Mlle Cousin. Elle était forte et la taille épaisse, comme on l'a à cet âge-là, mais le visage était délicieux. Des traits fins, de grands yeux bleus. Moi, j'étais pensionnaire à Besançon depuis un trimestre quand cette photo a été prise. Flora me l'a envoyée. Regardez, fit-elle en montrant l'inscription : « À ma chère Camille : sa Flora. » Je n'ai eu de repos que lorsqu'elle est venue me rejoindre. Elle ne voulait pas continuer ses études. Elle désirait apprendre la couture et s'établir en ville. Elle se contentait tout à fait de cette vision d'avenir : une machine à coudre dans une pauvre chambre et une sortie au cinéma le samedi soir, avec l'employé du magasin de nouveautés[4] d'en face. Sa famille, comme la mienne, était de petite bourgeoisie et sans fortune. Son père était remarié. Elle ne s'entendait pas avec sa belle-mère, qui n'était pas une méchante femme d'ailleurs, mais un de ces caractères aigres et mous… Vous comprenez ce que je veux dire ? Flora ne savait que récriminer[5], bouder et se plaindre. Pendant les vacances de Pâques, comme j'étais de retour chez moi, je suis allée trouver ses parents – j'avais quinze ans alors –, je ne sais plus comment je m'y suis prise, faisant appel au père, cajolant[6] et terrifiant la belle-mère tour à tour, et ils ont fini par céder, par envoyer Flora à Besançon, dans la pension où je me trouvais. Nous y sommes restées ensemble cinq ans ; et moi un an encore, comme répétitrice[7], pour ne pas la quitter, pour arriver à la faire travailler ; pour lui faire passer ses examens, pour qu'elle devînt quelqu'un, pour qu'elle n'abandonnât pas ses leçons de chant ; par-dessus tout pour qu'aucun de ces horribles garçons

4. Magasin de vêtements à la mode (*terme vieilli*).
5. Protester, grogner.
6. Traitant avec douceur.
7. Enseignante.

ne vînt tourner autour d'elle, parce que Flora était pour moi…

Elle prit la photo des mains du veuf. Elle la reposa à sa place. Elle marcha longtemps à travers la chambre, les mains croisées sur sa poitrine. Elle avait une démarche extraordinairement silencieuse et légère.

– Non, vous ne pouvez pas savoir ce que Flora était pour moi. J'avais un an et demi de plus qu'elle. Elle avait le visage, le regard, le sourire que j'aurais voulu avoir. Je n'ai jamais été belle, moi. Je le savais. J'ai commencé par être jalouse de Flora. Je me rappelle avoir déchiré comme une sauvage, à coups de griffes et de dents, un petit manteau bleu ciel qu'elle portait le dimanche et qu'elle avait laissé sur une chaise, dans le vestibule, en venant s'amuser chez moi. Tout le monde disait : « Quelle jolie couleur pastel[1]… Et que ça va bien avec ses boucles blondes ! » Puis, en grandissant, ce sentiment a disparu et a été remplacé par quelque chose de tout à fait étrange… Vous me demandiez tout à l'heure si j'avais de l'amitié pour Flora ? Non, je n'avais ni amitié, ni tendresse, mais je la modelais[2] à mon gré[3], comprenez-vous ? Cela a commencé par de petites choses. Pour une distribution des prix, je lui faisais répéter sa fable. Je lui indiquais comment il fallait réciter, se tenir, saluer, faire de petites mines pour mettre en valeur son joli profil et ses boucles, et lorsqu'on l'applaudissait, lorsqu'on la complimentait, j'éprouvais une jouissance amère que je ne peux vous décrire. Je pensais : « Tout de même, c'est moi… C'est grâce à moi que Flora est admirée. Sans moi, elle ne serait rien. Je la crée. »

1. Claire et douce.
2. Lui donnais une forme.
3. Comme je voulais.

Elle s'arrêta en face de Dange.

– « Je la crée. » C'était exactement cela, le fond de ma pensée. C'était pour moi comme un livre, comme un tableau. Naturellement, il a fallu bien des années pour que j'arrive à le comprendre. Peut-être n'y a-t-il guère que cinq ou six ans que je le comprends tout à fait. Par moments, d'ailleurs, j'oubliais Flora. Je devenais ambitieuse pour moi-même, lorsque j'avais passé brillamment un examen, par exemple. Et puis, je me disais : « Ma fille, avec la dégaine[4] que Dieu t'a donnée, ne demande rien, n'espère rien. Ça vaut mieux. Tu t'épargneras[5] de cruelles déceptions. » Enfin, c'était dans mon caractère, ce goût de jouer les éminences grises[6]. Adolescente, j'admirais pardessus tout les jésuites, ces hommes modestes et savants qui, cachés dans l'ombre, conseillaient le roi. Ne vous moquez pas de moi, monsieur Dange. Ce que je vous dis, personne ne le sait, mais ça fait du bien de parler une fois dans sa vie sincèrement, et puis enfin, cette Flora que vous regrettez tant, c'est moi, moi qui vous l'ai donnée.

– Comment cela ? fit Dange. Il écoutait avec une attention passionnée, croisant et décroisant ses mains pâles.

– Flora, à treize ou quatorze ans, était devenue très ordinaire. Je n'aimais plus la rencontrer. Elle me décevait, elle m'irritait et, du même coup, la vie pour moi n'avait plus de sens. Compositions, examens, notes de fin d'année... J'étais une excellente élève, et sans efforts, mais je m'ennuyais. Vous savez, à l'âge que j'avais alors, une seule chose importe[7] : les rêves, une sorte de vie seconde... Ce qu'on imagine être, ce qu'on souhaite

Les jésuites

Les jésuites sont les membres de la Compagnie de Jésus, ordre catholique fondé en 1539 par Ignace de Loyola. Leur haute formation intellectuelle en faisait des éducateurs souvent influents dans les cercles du pouvoir. Ils furent toutefois régulièrement bannis, voire interdits dans de nombreux pays d'Europe : cela amène à nuancer la vision un peu naïve de Mlle Cousin.

4. L'allure.
5. T'éviteras.
6. Conseillers secrets.
7. A de l'importance.

devenir. Pendant des années, dans mes rêves, j'avais été Flora ; j'avais tiré un parti extraordinaire de tout ce qui lui avait été donné, mais voici qu'elle était terne, presque sotte, qu'elle n'aspirait à rien de plus qu'à être couturière. Couturière, vous voyez cela ? Flora couturière, engrossée[1] par un commis[2] de magasin ou mariée sagement à un petit-bourgeois ; Flora… Et moi, alors ? Mais, une fois, je l'ai entendue chanter. C'était un jour, au bord de la rivière, pendant les vacances de Pâques. Les rivières sont profondes et rapides chez nous. Le printemps était en avance cette année-là. Nous étions allées au bord de l'eau nous tremper les pieds et cueillir des fleurs. Nous étions une bande de cinq ou six filles. Quand nous sommes revenues au village, c'était le soir. Nous marchions en nous tenant par le bras, et l'une de nous se mit à chanter. Les autres reprirent le refrain en cœur et, parmi toutes ces voix, celle de Flora s'élevait avec tant de noblesse innée[3], tant de pureté, que les autres filles, peu à peu, se turent, et nous avancions, portées en avant, soulevées par cette voix délicieuse. Alors, comme je vous l'ai dit, je me suis arrangée pour la faire venir à Besançon. Il fallait, comprenez-vous, qu'elle devînt quelqu'un de cultivé, de bien élevé, une demoiselle enfin. J'avais lu quelque part qu'il ne faut pas commencer à prendre des leçons de chant à l'âge de la formation, mais je voulais que ces quelques années ne fussent pas perdues pour elle, pour sa culture générale, pour son instruction, pour ses lectures. Je crois que j'étais douée d'un certain talent de pédagogue. Flora était paresseuse. Moi seule, j'arrivais à la faire travailler. Comme je me réjouissais de ses progrès ! Mais moi, moi

1. Mise enceinte (*terme vulgaire*).
2. Un employé.
3. Naturelle.

qui avais été une élève remarquable, j'étais désormais dans la moyenne. Délibérément, j'avais mis de côté toute ambition personnelle pour ne plus penser qu'à Flora. Je vivais par personne interposée, en quelque sorte. Vous n'imaginez pas ce que je pouvais ressentir : de la fierté, de l'ironie, le plaisir de la mystification[4], le plaisir de me sentir supérieure à tous et d'abord à Flora. Dès qu'elle eut dix-huit ans, je lui ai fait étudier le chant. Elle est partie pour Paris, et là, vous le savez je pense, elle est devenue presque aussitôt la maîtresse d'un homme très riche, marié mais séparé de sa femme, et qui vivait ouvertement avec Flora.

– Oui, cela, je le sais, dit Dange.

– Je la voyais rarement, mais elle ne m'avait pas oubliée. Elle tenait à son ami, mais elle désirait en même temps sa liberté... vous comprenez ?

– Je comprends.

– Cette période de sa vie a été difficile. L'homme avait un caractère impérieux[5] et jaloux. Quand les liens entre eux semblaient trop tendus, prêts à se rompre, Flora accourait vers moi. Elle entrait ici. Elle s'asseyait dans ce fauteuil, où vous êtes. Elle disait : « J'ai fait ça... J'ai répondu de cette façon... Que fallait-il faire selon toi ? Qu'est-ce que tu aurais fait à ma place ? » Moi, alors, je lui parlais... longuement. Je lui faisais entendre la raison. Je... vous comprenez, je ne voulais pas qu'elle quittât cet homme. Elle prenait, grâce à lui, l'air de Paris. Elle s'habillait bien. Elle devenait vraiment, peu à peu, au physique, celle qu'il fallait. Sa coiffure, sa démarche, ses robes, tout était parfait. Et moi, dans ma tête, je bâtissais

4. Tromperie.
5. Autoritaire.

pour elle un avenir admirable. C'était mon œuvre d'art, cette Flora. Vous trouvez ça bête ? Mais pourquoi ? On bâtit une œuvre d'art avec des matériaux vulgaires ou inanimés, avec de la pierre et un marteau, une toile et des couleurs, pourquoi pas avec de la chair et du sang ? Imprimer sa personnalité à une autre, souffler son esprit à une autre, c'est enivrant, vous savez.

– Et elle vous écoutait, elle vous obéissait ainsi, elle, Florence ?

– Mais puisque je vous dis, monsieur, que vous ne la connaissiez pas ! Personne ne la connaissait, elle-même moins que tout autre. Elle-même, elle se croyait libre, vous pensez ! Lorsque je lui disais : « Il faut faire ça ou ça. Il faut lui écrire ainsi. Je vais te dicter cette lettre. Il faut renvoyer cet homme. Il faut repousser doucement cet autre, sans le décourager, mais… », elle ricanait, elle s'écriait : « Oh, mais tu n'y comprends rien, ma pauvre Camille ! Mais qu'est-ce que tu sais des hommes, de l'amour, de la vie, enfin ! Toi, terrée[1] dans ton trou ? » Je répondais : « C'est possible, c'est possible, mais réfléchis un peu et tu verras que j'ai raison. C'est ce qu'il faut faire. » Et, finalement, quand elle suivait mon conseil, elle se persuadait qu'elle avait agi selon ses propres lumières[2]. Elle était si femme…

Elle se tut ; un sourire à la fois mélancolique, tendre et aigre flottait sur ses traits. Dange la regardait avec stupeur. Elle reprit, après un instant de silence. :

– Son ami est mort subitement et, comme aucune disposition n'avait été prise en faveur de Flora, tout l'héritage est revenu à la femme légitime. Flora, du jour au

1. Enfouie.
2. Sa propre volonté.

lendemain, s'est retrouvée pauvre. L'hôtel[3] qu'elle habitait, sa voiture, rien n'était à son nom. Je me suis arrangée pour obtenir un congé de quelques mois et nous avons vécu toutes les deux à Paris. Monsieur, je voulais faire de cette femme quelqu'un, vous entendez ? Je pensais à une carrière théâtrale. Avec sa voix, sa beauté, son charme, elle aurait pu arriver à ça, n'est-ce pas ? À un grand nom ! Et pourtant, à la réflexion, ce n'était pas encore assez. Vous comprenez, c'était presque devenu une hallucination. J'oubliais par moments que j'étais Camille Cousin et elle, Flora Leblanc. Quand elle chantait, c'était ma voix qui semblait sortir de sa poitrine. Son chant me délivrait de moi-même. Nous menions une vie calme, retirée, car il lui déplaisait de se montrer en public dans l'état misérable où l'avait laissée la mort de son amant ! Sans belles robes, sans bijoux, souvent même l'argent du coiffeur manquait. Si elle avait été seule, elle eût consenti[4] à n'importe quelle aventure lucrative[5]...

Dange l'interrompit :

– Elle n'est pas là pour se défendre, fit-il remarquer doucement, la voix tremblante.

– Monsieur, je vous parle comme devant Dieu. Je suis croyante et convaincue que son âme est là qui nous écoute, qui voit que je dis la vérité. C'est moi qui l'ai gardée ces deux années, lui faisant entrevoir un avenir admirable, en lui promettant la gloire et l'amour si seulement elle consentait à[6] m'écouter. Je vous le redis, c'était enivrant de voir cette belle créature répéter à demi inconsciemment mes paroles, citer mes réflexions, donner mon avis sur nos lectures... Et ses lettres... Ah ! que je

3. L'hôtel particulier, riche demeure parisienne.
4. Aurait consenti.
5. Rapportant de l'argent.
6. Voulait bien.

riais parfois… Ses lettres que j'écrivais… Peu à peu, elle avait compris ce que je voulais faire d'elle. Elle se laissait modeler et, parfois, elle m'appelait « son metteur en scène », mais elle m'attribuait des mobiles[1] bien bas ; elle croyait que je comptais vivre à ses crochets plus tard, et même – elle me l'a dit en riant – épouser quelque amoureux dédaigné par elle, quelque laissé-pour-compte[2] de Flora Leblanc, moi…

Elle répéta : « Moi ! » et haussa les épaules avec un air de simple et naturel orgueil.

– Monsieur, il y a un peu plus de deux ans, je vous ai entendu jouer pour la première fois. J'avais quelques disques enregistrés par vous et je vous écoutais à la radio, mais jamais je n'avais assisté à un de vos concerts. Et voici que ce jour-là… Je vous ai dit tout à l'heure que vous vous deviez à tous ces gens qui vous admirent et qui vous aiment. Songez que, chaque fois que vous jouez, il y a au moins un être dans la salle de concert dont, pour quelques instants, vous êtes la voix. Les gens sont muets, monsieur. Nous sommes comme des plantes, comme des arbres. Nous souffrons et nous mourons, et personne n'entend notre cri. Enfin, tout cela, vous le savez. Ce que vous devinez, c'est que, dès ce jour, je vous ai…

Elle se tut et se recula un peu pour que son visage fané demeurât dans l'ombre.

– Je n'étais pas belle et, naturellement, je ne pouvais rien espérer de vous, mais il y avait Flora. Et alors… je lui ai parlé de vous. Et je l'ai traînée à vos concerts et je n'ai eu de repos que lorsqu'elle s'est fait présenter à vous. Oui, dans ce théâtre vide, quelques semaines avant son début.

1. Buts, raisons d'agir.
2. Se dit d'un article invendu. Ici, un homme abandonné.

C'est étrange. Vous vous êtes montré d'abord très froid. Mais moi, je savais que vous finiriez par l'aimer.

– Mais elle ? Elle ?

– Elle ne vous aimait pas. Elle ne savait pas aimer. « Un être exceptionnel », dites-vous ? Allons donc, la plus ordinaire des femmes. Oh ! pas plus mauvaise ni plus sotte que les autres… La moyenne simplement. La Flora Leblanc d'autrefois, qui voulait être couturière, elle a été aimée par vous, Roger Dange. Elle s'est laissé aimer. Vous étiez riche et célèbre. Puis elle vous a trompé. Jamais je n'aurais cru cela. Je la voyais rarement alors, et elle ne se vantait pas de ses aventures. Il y a six mois, elle est venue passer quelques jours ici. C'est bizarre… je lui inspirais à la fois de l'attrait[3] et de la haine. Elle me fuyait, puis me revenait. Je n'étais pas seule. Un jeune homme, un cousin de ma mère, habitait chez moi. Il avait dix ans de moins que moi, et, orphelin, mes parents l'avaient élevé. Imaginez un beau gars, à demi paysan, avec un nez retroussé, des joues rouges, des cheveux noirs, des bras forts et durs… La première fois, ça n'a duré qu'une nuit, je pense, car presque aussitôt elle est repartie. Mais lorsque vous avez accepté cette tournée au Mexique, elle est revenue ici. Il ne pouvait pas la suivre à Paris. Il avait acheté un garage dans le bourg, et c'était un gars madré[4], un de ceux qui ne perdent pas facilement la tête pour une femme. Enfin, dès son arrivée, tous deux… Quand je pense, monsieur, que vous me reprochiez de l'avoir aidée à vous tromper ! Je l'ai chassée d'ici, vous entendez ! Je ne pouvais pas lui pardonner ça… C'était si ignoble et si vil[5]. Alors, elle m'a dit que j'étais jalouse d'elle. Elle imaginait

3. Attirance.
4. Astucieux.
5. Méprisable.

que j'étais amoureuse de ce garçon, de ce Robert… Grâce à Dieu, elle n'a jamais deviné la vérité ! Elle l'aurait salie ! Et puis, elle m'a dit encore que toute son existence avait été fabriquée, artificielle, qu'elle avait été créée pour des hommes comme Robert et non comme vous, que ceux-là pouvaient la satisfaire, et elle a même ajouté une chose… une chose affreuse… « La peau ne se trompe pas, mais elle seule… » Je les ai chassés d'ici, monsieur Dange. Elle et son amant. Je leur ai dit : « Demain, à midi, en rentrant de l'école, je ne veux plus vous trouver ici. » Ils ont ri. Ils sont partis. Ils ont été tués sur la route. Et c'est ça que vous regrettez ?

Elle répéta : « Ça ! » avec un éclat de rire strident[1] et dur. Elle regarda Dange et ajouta :

– Je parie que vous ne me croyez pas. Vous pensez que je rêve, que je suis une vieille folle. Voulez-vous que je récite la lettre que vous portez sur votre cœur ? Celle qui commence par « Cette nuit j'ai rêvé à vous », celle qui parle de Monteverdi, de cet air si beau : *« Mort, je crois en toi et dans ta nuit j'espère »*, et celle qui vous a été adressée la veille de sa mort… celle dont vous me parliez tout à, l'heure. Elle venait me trouver : « Camille, écris-lui, toi, ça m'embête. » Et moi j'écrivais. Avec quel bonheur ! Je vous écrivais.

– Pourquoi me dites-vous ça maintenant ?

– Pour vous sauver, pour vous délivrer d'elle, vous guérir de sa mort, parce qu'elle ne vaut pas une de vos larmes. Ce que vous avez aimé en elle ne lui appartenait pas.

1. Aigu.

– Vous me jurez que c'est vrai ? Que vous ne me mentez pas ? Vous n'êtes pas folle, voyons, vous avez l'air si lucide, et si calme. Vous jurez que c'est vrai ?

– Je vous le jure.

Il se leva et, chancelant, traversa la pièce. Il prit son pardessus, son chapeau, ouvrit la porte sans rien dire. Elle n'avait pas bougé. Elle regardait le feu.

Il arriva une heure plus tard dans la petite gare déserte. Ce qu'il éprouvait était étrange. Il comprenait qu'il avait aimé une illusion, une ombre. Il savait avec une certitude absolue qu'il avait enfin appris la vérité. Mais il souffrait plus que jamais parce qu'il comprenait, lui, ce que Camille ne pouvait concevoir[2] : que l'âme, l'esprit, l'intelligence de sa femme, tout cela était sans importance, tout cela avait été aimé par-dessus le marché. Ce qui comptait, c'était le mouvement doux de l'épaule lorsqu'elle inclinait sa tête vers lui, c'était la forme et la tiédeur de son sein, c'était un regard, une inflexion de voix, un petit geste rapide et las[3] de la main, avec lequel elle l'écartait lorsqu'il s'approchait d'elle et qu'elle le fuyait (il savait maintenant pourquoi). C'était de cela qu'il ne pourrait guérir.

2. Comprendre.
3. Fatigué.

Couverture de *La Divine Lady*, valse du film de la First National Vitaphone Picture, avec Corinne Griffith, 1930.

Pause lecture 2

La Confidente

Le mystère des êtres

Un veuf inconsolable l. 1 à 272, p. 41 à 50

Avez-vous bien lu ?

Les deux lettres reçues par M. Dange ont été expédiées :

- ❏ de Paris.
- ❏ de Mexico.
- ❏ du village de Mlle Cousin.

La mise en place du récit (l. 1 à 183)

1 Pourquoi M. Dange est-il venu voir Mlle Cousin ? Le récit suit-il un ordre chronologique ? Justifiez votre réponse.

2 Relevez les éléments qui évoquent la douleur de M. Dange. Montrez que la maison et le temps qu'il fait sont en accord avec ce qu'il éprouve.

3 Quelle image est donnée de Florence ? de Mlle Cousin ? En quoi leurs portraits s'opposent-ils ? Appuyez votre réponse sur des relevés précis du texte.

M. Dange mène l'enquête (l. 184 à 272)

4 Quels sont les deux indices qui ont semé le trouble dans l'esprit de M. Dange ? Quelle conclusion en tire-t-il ?

5 Repérez les gestes de M. Dange et sa façon de parler (types de phrase, ponctuation, etc.), et montrez qu'il mène son enquête avec une logique implacable.

6 Mlle Cousin répond-elle avec franchise et clarté aux questions de M. Dange ? Donnez quelques exemples. Que semble-t-elle chercher à faire ? Quelle conclusion en tire le mari (l. 258 à 272) ?

Mlle Cousin sort de l'ombre l. 273 à 447, p. 50 à 56

Avez-vous bien lu ?

Adolescente, Flora voulait être :

- ❏ coiffeuse.
- ❏ couturière.
- ❏ chanteuse.

Une fervente admiratrice (l. 273 à 375)

1 Étudiez les modifications dans l'attitude et la manière de s'exprimer de Mlle Cousin (l. 287 à 304). Quelle nouvelle image avons-nous d'elle ?

2 Pourquoi admire-t-elle le pianiste ? Est-il d'accord avec ce qu'elle dit de lui ? Justifiez votre réponse en résumant les arguments de l'un et de l'autre.

3 En quels termes M. Dange continue-t-il à parler de sa femme ? Que vient-il cependant de comprendre à demi-mots ? Qu'en conclure ?

Une éminence grise (l. 376 à 447)

4 À partir de la ligne 376, que raconte Mlle Cousin ? Montrez que son attitude change encore une fois. À votre avis, pourquoi se confie-t-elle à M. Dange ?

5 Quel portrait fait-elle de Florence (physique, intelligence, caractère) ? Quels éléments nouveaux sont révélés ?

6 Quels sentiments Mlle Cousin manifeste-t-elle pour Flora ? Quel rôle a-t-elle joué dans la vie de la jeune femme ?

La vérité sur Florence l. 448 à 708, p. 57 à 65

Avez-vous bien lu ?

Mlle Cousin a fait étudier à Flora :

❏ le chant.

❏ la comédie.

❏ la peinture.

Un nouveau Pygmalion

1 Faites une recherche sur le mythe de Pygmalion. Quelles expressions dans le texte permettent de l'appliquer au personnage de Mlle Cousin ?

2 Quels effets positifs Mlle Cousin a-t-elle eus sur la destinée de Florence ? De quelles qualités a-t-elle fait preuve ?

3 Flora nommait parfois Camille « son metteur en scène » (l. 600-601) : comment le récit justifie-t-il cette métaphore ?

Une amitié ambiguë

4 Pour quelles raisons personnelles Camille Cousin a-t-elle autant influencé la vie de Florence ? Dans quelle mesure son « œuvre » aboutit-elle à un échec ?

5 Relevez les diverses circonstances où l'on voit Flora réagir à l'emprise de son amie. Quel trait de caractère se dévoile ainsi ?

La confidente

6 Cherchez l'étymologie et le sens du mot *confidente*. À la fin de votre lecture, comment comprenez-vous le titre de cette nouvelle ?

7 Observez les diverses réactions de Roger Dange à ce récit : dans quelle mesure Mle Cousin a-t-elle atteint son but ? En quoi a-t-elle échoué ?

Vers l'expression

Vocabulaire

1. Le terme *cachet* (l. 208) désigne ici la marque apposée sur un timbre-poste et indiquant la date d'expédition d'un courrier. Cherchez son étymologie et expliquez le sens qu'il a dans les expressions suivantes :

a. une lettre de cachet – **b.** courir le cachet – **c.** un cachet d'aspirine – **d.** avoir du cachet – **e.** un cachet de cire.

Choisissez ensuite trois de ces expressions et rédigez des phrases en les utilisant.

2. Cherchez l'étymologie de l'adjectif *candide* et expliquez son emploi dans l'expression « une neige candide comme une jeune fille fouettée par des sorcières » (l. 235-236).

3. a. Comparez l'orthographe des adverbes suivants et justifiez-la : *sensiblement* (l. 32), *doucement* (l. 57), *récemment* (l. 199) *brillamment* (l. 455) et *délibérément* (l. 509).

b. Formez les adverbes à partir des adjectifs suivants : *innocent*, *exceptionnel*, *impérieux*, *suffisant*, *bas*.

c. Par quel adverbe, formé sur le même radical, pourriez-vous remplacer le groupe nominal complément de manière *avec avidité* (l. 329) ?

À vous de jouer

Imaginez la suite du texte

En vous appuyant sur les indications du texte l. 653 à 667, rédigez le dialogue entre Flora et Camille, en le concluant par : « Demain, à midi, en rentrant de l'école, je ne veux plus vous trouver ici. »

Du texte à l'image

Observez le tableau ➜ voir dossier images p. II

Glen Prence (né en 1957),
Femme au fauteuil rouge,
huile sur panneau
(61 × 45,7 cm), coll. privée.

1 Observez l'attitude physique et la tenue vestimentaire de cette femme. Que peut-on imaginer de sa vie, d'après ces indices ?

2 Quelle expression se lit sur son visage ? Qu'exprime, en particulier, son regard ?

3 Où se trouve le personnage, d'après vous ? Quel rôle le décor joue-t-il dans ce portrait ?

4 Dans quelle mesure ce portrait peut-il évoquer Mlle Cousin, dans *La Confidente* ?

→ Du texte à l'image p. 37

Room in New York

d'Edward Hopper (1882-1967), huile sur toile (73,5 × 91,5 cm), 1932, Sheldon Museum of Art Lincoln, Nebraska.

→ Du texte à l'image p. 71

Femme au fauteuil rouge

de Glen Prence (né en 1957), huile sur panneau (61 × 45,7 cm), coll. privée.

→ Du texte à l'image p. 105

Portrait d'un homme élégant de la bourgeoisie parisienne

photographie, vers 1920, coll. privée.

→ Du texte à l'image p. 105

Exode : sur les routes du nord

photographie, juin 1940, ECPA, Paris.

Lire

M. Rose

Août 1940

texte intégral

Qui sont les personnages ?

M. Rose

Riche célibataire, il pense échapper aux troubles de la guerre. Mais le sort le jette sur les routes de l'exode en juin 1940.

➨ *Comment cette épreuve transformera-t-elle le vieux garçon égoïste ?*

Marc Beaumont

Ce lycéen de 17 ans, optimiste et serviable, croise le chemin de M. Rose pendant l'exode.

➨ *Quel rôle va-t-il jouer auprès de M. Rose ?*

Robert

Chauffeur de M. Rose, il exaspère son patron par son insolence.

➨ *M. Rose devrait-il se méfier de lui ?*

Lucy Maillard

Cette orpheline, peu sûre d'elle et en quête d'affection, a été le seul amour de M. Rose.

➨ *Pourquoi a-t-il rompu avec elle ?*

Il était prudent et calme comme un chat. Sa vie était douce ; il ne s'était pas marié et il était riche. Il avait eu dès l'enfance un air goguenard[1] et condescendant[2] qui inspirait le respect. Il semblait croire que le monde est peuplé d'imbéciles ; il le croyait effectivement. À cela, rien ne résiste. Il avait cinquante ans passés, de belles joues grasses, une voix aiguë et autoritaire, des manières frileuses[3], discrètes, de l'esprit. Sa cave était bonne[4]. Il offrait d'excellents dîners à de rares amis. Pour bien connaître un homme, il faut le voir à sa table ou devant une femme qui lui plaît. Lorsqu'il pelait un fruit, lorsqu'il caressait une main de femme, M. Rose avait la même douceur, la même prudence persuasive et montrait le même appétit, délicat mais court.

Il ne chérissait personne ; il ne détestait personne. C'était l'homme le plus facile à vivre, disait-on de lui. Il gérait remarquablement sa fortune. Dans sa jeunesse, il avait beaucoup voyagé. À présent, cela ne l'amusait plus. Il habitait, boulevard Malesherbes[5], la maison où il était né. Il couchait dans la chambre même, dans l'angle exact où se dressait autrefois son lit d'enfant. Sa vie, monotone et retirée, avait des jouissances[6] connues de lui seul ; il se flattait d'aimer les plaisirs simples : promenades, flâneries, lectures, le même verre d'alcool pris tous les soirs à la même heure dans le même bar tranquille, les friandises d'enfant – fondants[7], chocolats, petits bonbons fourrés ; il n'eût pas choisi[8] une praline à la légère, il les contemplait quelque temps, les yeux mi-clos, dans leur sac rose, puis se décidait à en prendre une avec un

1. Moqueur.
2. Hautain, dédaigneux.
3. Réservées.
4. Il possédait dans sa cave de bonnes bouteilles de vin.
5. Avenue des VIIIe et XVIIe arrondissements de Paris, caractérisée par sa population bourgeoise.
6. Satisfactions.
7. Sucreries au centre moelleux.
8. Il n'aurait pas choisi.

léger soupir et la savourait délicatement. Il estimait qu'il faut calculer sa vie, la peser, la doser d'avance, se méfier du hasard. Que cela ne fût pas toujours facile, il voulait bien l'admettre, mais patiemment il corrigeait la mauvaise chance.

Son plus grand souci était celui de placer son argent et d'éviter les impôts trop lourds. Il avait prévu la guerre de 1940 lorsqu'elle était encore dans l'œuf[1], avant l'époque où, chaque soir, dans chaque salon parisien, une vingtaine de faux prophètes en habit et en robe de soirée eussent commencé à annoncer d'un ton allègre[2] la fin du monde. Il avait pris ses précautions dès 1930. Elles n'étaient pas toujours heureuses. « Je perds quelques plumes[3], confiait-il, en 1932, à ses intimes, mais mieux vaut une plume que le panache[4] tout entier. » De très bonne heure, il pensa à vendre les immeubles qu'il possédait à Paris et dont faisait partie la maison du boulevard Malesherbes. Il avait un peu honte d'avouer qu'il craignait les bombardements aériens. D'ailleurs, ses raisons ne regardaient personne. Doucement, sans se presser, il conclut de bonnes affaires, comme il faisait toujours, sans excès de gains ni de pertes. Il choisit un coin ravissant de Normandie, non loin de Rouen, où il acheta une maison commode et belle, entourée d'un grand jardin ; au moment de l'Anschluss, il y transporta sa collection de porcelaines et la disposa dans deux vitrines, dans le salon du rez-de-chaussée. À l'entrée des troupes allemandes à Prague[5], M. Rose fit emballer sa verrerie et ses tableaux ; les livres et l'argenterie partirent un peu avant Munich. Il fut aussi l'un des premiers Français à faire l'acquisition

L'Anschluss

Ce terme, qui signifie « rattachement » en allemand, désigne l'annexion de l'Autriche, le 12 mars 1938, par l'Allemagne nazie. C'est la première étape de la création d'un *Reich* regroupant les pays et territoires de langue allemande. L'absence de réaction des démocraties européennes encouragea les projets d'expansion d'Adolf Hitler.

1. Avant qu'elle n'éclate.
2. Gai, léger.
3. Je subis quelques pertes financières.
4. Ensemble de plumes ornant un casque.
5. Le 15 mars 1939.

d'un masque à gaz. Cependant, il se montrait optimiste et déclarait volontiers que tout s'arrangerait.

*

M. Rose avait une maîtresse, jolie, élégante, stupide et bonne fille, choisie par lui avec discernement[6]. M. Rose préférait oublier qu'un jour, comme n'importe quel homme, il avait failli se laisser prendre par une femme. C'était à Vittel, en 1923. Il était tombé amoureux d'une jeune fille. Pour la première fois de sa vie, M. Rose jetait les yeux sur une fille de vingt ans. Elle était la nièce du médecin qui le soignait, une nièce orpheline, recueillie par charité, qui n'était pas aimée et que l'on eût voulu[7] marier au plus vite. Elle était fraîche, brune, avec des yeux souriants et soumis, et une jolie bouche. Elle lui plut dès le premier moment ; elle éveillait en lui un curieux sentiment d'attendrissement et de convoitise, une pitié dédaigneuse[8], un peu trouble. Elle portait de simples robes roses, droites comme des sarraus d'enfant[9], et un peigne rond dans les cheveux. Un jour, à l'occasion d'une fête de charité, elle lui écrivit une lettre qu'elle signa Lucy Maillard. M. Rose sourit en voyant cet « y » dont elle espérait relever[10] ainsi, sans doute, son nom honnête de petite-bourgeoise. Ce mauvais goût l'enchantait, il ne savait pourquoi. C'était naïf, risible, délicieux ; une envolée vers le rêve, un timide essai de déguisement, un espoir d'évasion, voici ce qu'il signifiait aux yeux de M. Rose.

Quand il revit la jeune fille, il la plaisanta sur sa manière d'orthographier son nom et sur le vernis rouge

Les accords de Munich

Du 29 au 30 septembre 1938, se tint à Munich une conférence entre les représentants de l'Allemagne, de la France, du Royaume-Uni et de l'Italie. Destinés à régler la question des populations germanophones de Tchécoslovaquie, ces accords aboutirent en fait au démantèlement de ce pays allié de la France et à la capitulation des démocraties devant l'Allemagne nazie.

6. Réflexion.
7. Aurait voulu.
8. Un peu méprisante.
9. Blouses d'écolier.
10. Embellir, rendre distingué.

dont elle recouvrait ses ongles. Elle les portait parfois à sa bouche et les mordait d'un air vif et sauvage de petite fille, puis elle se rappelait son âge, rougissait et demandait à M. Rose une cigarette ; elle n'aspirait pas la fumée ; elle se hâtait de la rejeter avec une grimace, une moue de sa jeune bouche que M. Rose trouvait aussi fraîche et sucrée qu'une praline. Car il l'avait embrassée une fois. Il l'avait rencontrée dans le parc. C'était le soir et ils étaient seuls. Il l'avait embrassée très vite, se demandant la figure qu'elle ferait, et elle, levant les yeux vers lui, avait murmuré d'une voix tremblante :

– Est-ce que je vous plais ?

Elle semblait si peu sûre d'elle-même et tellement désireuse d'être rassurée, flattée, aimée, qu'il éprouva de nouveau cette pitié dont il ne pouvait se défaire en sa présence. Il dit : « Ma chérie. » Il lui prit le cou entre deux doigts, le serra. Ce cou était mince et une pulsation[1] légère battait sous la main de M. Rose. Il pensa à la tiédeur, à la palpitation d'un corps d'oiseau, et il dit tout bas : « Mon oiseau chéri. » Ils se promenèrent ensemble, il l'embrassa de nouveau. Cette fois-ci, elle lui rendit son baiser. Elle demandait doucement :

– Vous m'aimez ? C'est vrai ? C'est bien vrai ? Chez moi, personne ne m'aime.

Alors il l'invita à venir chez lui. Il n'avait pas de coupables desseins[2]. Il voulait l'embrasser seulement, mais elle le regarda et dit :

– Si vous vouliez m'épouser… Oh ! vous ne voudrez pas, j'en suis sûre, je sais bien que je ne suis ni assez jolie

1. Un battement du pouls.
2. Projets.

Jeunes amoureux : elle écrit une lettre en pensant à lui, carte postale, 1920-1930, Turin.

ni assez riche, mais si vous vouliez… que je vous aimerais ! dit-elle en lui saisissant la main.

Et elle se pencha et baisa la main qu'elle tenait. Et cela, son geste, son parfum, ses cheveux noirs, tout cela émut si violemment M. Rose, qu'il attira la jeune fille contre lui et lui dit qu'il l'épouserait, qu'il l'aimait.

– Tu es malheureuse chez toi ?

– Oui, fit-elle. Oh ! oui.

– Eh bien ! désormais tu seras heureuse, je te le promets. Tu seras ma femme. Je te rendrai heureuse.

Quand elle partit, une heure plus tard, ils étaient fiancés. Il se retrouva seul. La raison, par degrés[1], lui revint. Qu'avait-il fait ? Il erra dans le parc ; le beau soir s'était voilé. Il pleuvait maintenant. Il rentra chez lui. Il imagina l'appartement du boulevard Malesherbes avec une femme qu'il serait impossible de mettre dehors, le soir venu. Une femme à sa table, toujours. Une femme dans son lit, qu'il le voulût ou non. Il tira le verrou à sa porte, comme il le faisait chaque soir. Il pensa tout à coup que ce simple geste était, entre époux, exceptionnel et presque une offense. Ainsi, jamais il ne pourrait demeurer seul. Il était jeune encore. Il se laisserait aller, un jour, à avoir un enfant. Tout était possible désormais. Une femme, des enfants, une famille.

– Ridicule, dit-il à voix haute, ridicule.

Il se laissa tomber dans un fauteuil, ferma les yeux, se recueillit, puis prononça :

– C'est impossible.

Il se releva d'un bond. Jamais il ne s'était montré si agile. Il traîna sa valise au milieu de la chambre et

1. Étapes.

commença à la remplir. Le lendemain, il partait, il fuyait. C'était étrange. Il avait oublié aussitôt cette aventure. Pendant dix ans, le souvenir de Lucie Maillard ne revint à aucun moment le troubler. Cependant, en 1925, il avait appris son mariage et, trois ans après, sa mort ; les deux événements lui avaient été annoncés par des faire-part du docteur et M. Rose n'avait éprouvé, la première fois, qu'une profonde indifférence, et, la deuxième, une compassion[2] banale. Mais, depuis quelque temps, il rêvait d'elle et de plus en plus souvent, à mesure qu'il vieillissait. Dieu merci, les rêves s'effacent vite, et ceux-ci ne laissaient qu'un très faible sentiment de malaise, semblable à une migraine[3], et qui disparaissait dès qu'il avait bu quelques gorgées de son thé léger du matin.

Puis l'année 1939 arriva et M. Rose n'eut plus de rêves. Il dormait même de moins en moins. Qu'il était difficile, dans cet univers mouvant[4], instable, de cheminer[5] d'un pas sûr, comme autrefois ; M. Rose prévoyait de grandes calamités[6]. Il les déplorait[7], mais, ne pouvant les écarter de son chemin, ni de celui des autres, il ne lui demeurait raisonnablement au cœur qu'un souci : lui-même, son bien-être, sa fortune.

Il ne l'eût avoué[8] à personne ; ce sentiment demeurait trouble, informulé[9] au fond de son cœur. M. Rose n'avait rien d'un cynique[10]. Comme tout le monde, il évoquait la nécessité et exaltait[11] la noblesse du sacrifice ; il parlait volontiers, et avec force, des droits et des devoirs des citoyens, mais il établissait en esprit une différence essentielle entre lui-même et les autres ; il leur laissait les devoirs et ne gardait que les droits. C'était une attitude

2. Pitié.
3. Fort mal de tête.
4. Changeant.
5. Marcher.
6. Catastrophes.
7. Regrettait beaucoup.
8. Aurait avoué.
9. Non exprimé.
10. Une personne qui aime à choquer par son mépris des principes moraux.
11. Glorifiait.

naturelle chez lui, presque un instinct. Malgré lui, tout ce qu'il voyait, entendait ou lisait, finissait par se rapporter à sa personne ; il regardait le monde à travers ses intérêts. Comme ceux-là dépendaient du sort du monde, ce dernier lui importait beaucoup[1]. Ainsi, il avait la conscience tranquille. Il se persuadait aisément que le destin de l'Europe l'empêchait de dormir et qu'en abandonnant de la sorte la paix de l'esprit il livrait, en somme, ce qu'il avait de plus précieux. Que pouvait-il faire de plus ? Il n'était plus jeune, il n'avait pas d'enfants. D'ailleurs, il était surchargé d'impôts. Cela suffisait.

– Il faut sauver le plus possible, décida-t-il un jour.

Comment préserver son argent ? L'Angleterre, l'Amérique ne présentaient pas, à son avis, des retraites[2] sûres. Longuement, avec prudence, habileté, avec toute l'expérience de son âge, il médita, comparant l'un à l'autre tous les pays d'Europe et de l'univers. Pour lui servir de coffre-fort, aucun ne lui semblait assez solide, assez bien défendu. Finalement, il choisit la Norvège où il avait des intérêts[3].

À la déclaration de guerre[4], il était chez lui, en Normandie. Il buvait du lait frais et soignait ses roses. Ainsi, lorsqu'en novembre il réapparut boulevard Malesherbes, il put sourire au récit de certains départs.

– Vraiment, mon cher, vous aviez expédié[5] votre femme dans l'Hérault ? Quelle drôle d'idée !

– Mais… vous-même ?

– Oh ! moi, j'ai simplement prolongé mes vacances. Septembre était si beau ! Je vous avoue d'ailleurs que je me sens parfaitement calme, parfaitement indifférent

1. Était très important pour lui.
2. Abris.
3. Des placements financiers.
4. Le 1er septembre 1939.
5. Envoyé (*familier*).

à tout ce qui peut m'arriver. Un vieux garçon[6] comme moi…

Il prenait d'un geste distrait un sac de papier noué d'un fil d'or, oublié sur une table, saisissait une noix enrobée de sucre transparent, la savourait, achevait :

– … inutile aux autres et à lui-même. Parfois, j'en ai assez. J'ai vu deux guerres. Ce monde trempé de sang me dégoûte.

L'hiver passa ainsi. C'était le printemps maintenant et jamais Paris n'avait été si beau. Il flottait dans son air, dans son ciel quelque chose de mélancolique, de tendre, de lumineux, une essence[7] de beauté si pure et si précieuse que, malgré lui, M. Rose remettait[8] de jour en jour son départ.

Pourtant, il avait formé des projets bien nets, bien définis : il passerait tranquillement cet été 1940 à la campagne, en Normandie. Il ferait ensuite un court voyage en Angleterre. Il se sentait las[9] et surmené depuis quelque temps ; évidemment, la guerre de Norvège lui avait porté un coup dur. Tout n'était pas perdu, il l'espérait, il en était convaincu, mais enfin… Cependant, il avait agi raisonnablement, avec réflexion, logique et prudence. Mais la raison et la prudence avaient perdu, peu à peu, leur force et leur antique vertu[10]. Au contact de cet univers insensé, elles se déréglaient, devenaient folles, comme dans certaines conditions atmosphériques les instruments de précision eux-mêmes se détraquent.

Heureusement, la fortune de M. Rose n'était qu'amoindrie par le désastre de Norvège ; elle existait encore. Il lui restait sa maison de Normandie, ses porcelaines, ses

La guerre de Norvège

Le 8 avril 1940, les troupes nazies attaquent la Norvège, qui représente pour le Reich allemand un double intérêt, stratégique (constituer une base navale dans l'Atlantique nord) et économique (protéger ses importations de minerai de fer suédois). En dépit d'une résistance héroïque, la Norvège capitule le 10 juin 1940.

6. Homme resté célibataire à un âge déjà mûr (voir l'encadré sur la vieille fille, p. 42).
7. Une sorte.
8. Retardait.
9. Fatigué.
10. Qualité.

tableaux, ses valeurs[1], son or. Malgré tout, il ressentait de la colère et de l'amertume, un peu semblables à celles d'un amant trompé. Avec de pareils sentiments, il redoutait la solitude à la campagne. Cet admirable printemps parisien lui convenait davantage.

Il fallut la nuit du 10 juin pour qu'il partît enfin. Il avait mal dormi ; les sirènes l'avaient réveillé deux fois et, quoiqu'il n'eût pas bougé de son lit, son sommeil avait été troublé par ces hurlements dans le silence, par le pas des voisins qui se hâtaient[2] dans l'escalier, par des coups de canon tout proches. Au matin, il s'endormit profondément et rêva qu'il cherchait quelque chose, il ne savait quoi, dans une maison inconnue, où les portes battaient, ou traînaient sur le plancher des fétus[3] de paille et du papier d'emballage. Quelqu'un, derrière la porte, lui criait de se hâter et, lui, il cherchait désespérément un être ou un objet très cher, très précieux, et il ne le trouvait pas, et il fallait partir, et il pleurait en songe. L'angoisse, dans son rêve, était telle qu'il se réveilla, le cœur battant. On lui dit les nouvelles de la nuit et il devint très sombre. Il fallait partir.

En Normandie, il ne retrouva pas le calme. C'était ridicule, il le savait. Quel danger le menaçait dans cette campagne paisible ? D'ailleurs, ce n'était pas de l'inquiétude qu'il ressentait, mais une sorte de tristesse. Il se sentait vieux, plus vieux que son âge. Il n'était plus à sa place sur cette terre. Il était un survivant, en somme, une espèce en voie de disparition, avec ses habitudes, ses goûts, ses exigences d'un autre temps. Il fallait autre chose en ce

Paris, ville ouverte

Devant l'avancée des troupes allemandes, les Parisiens fuient la capitale à partir du 8 juin en direction du Sud. Le 10, le gouvernement part s'installer à Bordeaux. Paris est alors déclarée « ville ouverte », c'est-à-dire livrée sans combat à l'ennemi, en échange de sa sauvegarde.

1. Titres de propriété, négociables à la bourse ou dans une banque.
2. Se dépêchaient.
3. Des brins.

moment, il ne savait quoi, la jeunesse, peut-être ? Mais il n'était plus jeune. Il n'avait jamais été jeune.

Ainsi, il attendait.

Il n'attendit pas longtemps. La guerre n'avait fait qu'un bond jusqu'à la paisible retraite de M. Rose, comme une bête sauvage se dresse et jaillit hors de son fourré. De nouveau, il fallait partir. Tout ce qui avait été placé, accroché, étiqueté, enfermé avec tant de soins, tant de peine, l'argenterie, les livres, les valeurs, l'or, tout fut bouleversé, une partie enfouie dans la terre, une autre amoncelée dans l'auto et M. Rose prit la route.

– Nous aurions dû partir hier, dit Robert, le chauffeur.

M. Rose ne l'avait à son service que depuis la déclaration de guerre ; il l'avait engagé en remplacement de l'ancien, mobilisé. C'était un petit homme roux, chétif[4], dégagé de toutes obligations militaires[5]. Il conduisait bien et ne semblait pas trop voleur. Mais M. Rose ne le supportait qu'à peine et faute de mieux : Robert avait des inflexions faubouriennes[6] dans la voix et du laisser-aller, sinon de l'insolence, dans ses manières. À présent, il déplaisait de plus en plus à M. Rose. Il grommelait[7], haussait les épaules, répondait presque grossièrement.

Le soir venait. M. Rose eut faim. Il s'étonnait, dans un pareil désastre, de pouvoir éprouver un sentiment si vif, si sain et si simple.

– Dès que vous verrez un village, arrêtez-vous, dit-il au chauffeur.

Il ne voyait que la nuque de Robert, des poils roux sous la casquette bleue.

4. D'apparence fragile, maladive.
5. Pour des raisons d'âge, de santé ou de famille, il ne peut plus être appelé à combattre.
6. Un accent de la banlieue.
7. Grognait.

Robert ne répondit rien, mais ses grosses oreilles rouges frémirent ; son dos parut se courber et sa nuque se fronça. On ne savait comment il s'y prenait, mais, vu de dos et sans une parole, il parvenait à exprimer une telle désapprobation[1], une telle ironie que M. Rose devint pourpre[2] de colère et s'écria :

– Arrêtez-vous tout de suite !

– Ici ?

– Oui, ici. J'ai faim.

– Et qu'est-ce que monsieur va manger ? Je ne vois pas de restaurant.

– Je vois une ferme. En des moments comme ceux que nous traversons, dit M. Rose avec tristesse et sévérité, il ne convient pas de se montrer difficile.

– Ce n'est pas malin[3] de s'arrêter, ricana Robert (la voiture était immobile depuis une heure, prise dans un embouteillage sans précédent). Ce qui sera dur, ce sera pour repartir.

– Faites ce que je vous dis, fit M. Rose : vous allez descendre et courir jusqu'à cette maison. Vous achèterez ce que vous pourrez, du pain, du jambon, des fruits… Ah ! oui, et une bouteille d'eau minérale, je meurs de soif.

– Moi aussi, dit Robert.

Et, enfonçant sa casquette sur ses yeux, il descendit de son siège.

– En voilà un, pensa M. Rose, que je vais balancer[4] dès demain.

Dès demain… Où serait-il demain ? Il savait que, sur la route, non loin de là, se trouvait un aérodrome, et plus loin un camp, et, plus loin encore, des voies de chemin de

1. Désaccord.
2. Rouge.
3. Difficile.
4. Renvoyer.

fer, des ponts, de grandes usines. La nuit venait. Chaque parcelle de chemin recelait[4] un danger. On lui avait dit que Rouen brûlait. Qu'était devenue sa maison ? Il l'avait quittée le matin même, il en était si près encore, et peut-être n'était-elle plus que cendres, mais, chose étrange, à mesure que passaient les heures, il pensait de moins en moins à ce qu'il avait abandonné. Si tout était perdu, tant pis ! Il restait la vie. Il sauverait sa vie. En des instants pareils, l'avenir se rétrécit vertigineusement. Il ne pensait plus à l'année prochaine, au mois prochain, mais au jour, à la nuit, à l'heure qui venaient. Il ne cherchait rien au-delà. Il avait faim et soif. Il ne désirait rien d'autre qu'un morceau de pain et un verre d'eau. Dire qu'il n'avait pas songé à emporter des vivres ! Il avait pensé à tout. Il avait fermé la maison à clef ; il avait classé des lettres et des dossiers d'affaires, il n'avait pas oublié son habit[5], ses rasoirs ni ses faux cols glacés[6], mais il n'avait rien à manger. Robert ne revenait pas. Et la maison semblait inhabitée. Est-ce que tout le monde avait fui ?

Robert apparut, dit simplement :

– Il n'y a personne. On ne répond pas.

– Nous essaierons plus loin, dès que nous verrons une maison.

Longtemps, ils demeurèrent sur place. Enfin, la file de voitures s'ébranla. M. Rose frappa la vitre.

– Ici, je vois une lumière.

Robert descendit. M. Rose tambourinait sur son genou la « Parade des petits soldats de bois ». Le temps passait. Robert revint, les mains vides.

5. Cachait.
6. Costume noir, porté dans les cérémonies ou les soirées mondaines.
7. Cols de chemise amovibles, auxquels le repassage (avec un « fer à glacer ») a donné un beau brillant.

– Il n'y a rien.

– Comment rien ? Mais la maison est habitée.

– Ils font leurs paquets.

– Mais il leur reste bien un morceau de pain, de fromage, du pâté, quelque chose à manger enfin ?

– Rien, répéta Robert. Monsieur pense, avec tout ce qui passe sur cette route… On n'aura rien à manger d'ici demain… ou la semaine prochaine. Maintenant, si Monsieur ne me croit pas, il n'a qu'à aller voir lui-même.

Déjà M. Rose sortait de l'auto.

– Parfaitement, vous êtes trop maladroit, mon garçon. Je parie que vous leur avez parlé sur un ton rogue[1], désagréable – c'est votre habitude. Les gens ne sont pas des brutes, sapristi[2] ! On ne refuse pas un morceau de pain à son prochain[3] et, enfin, je ne demande pas la charité ! conclut-il, furieux.

Il se fraya[4] un chemin avec peine, entre les voitures pressées les unes contre les autres. Les phares étaient éteints ; les gens, la tête renversée en arrière, suivaient des yeux avec inquiétude une ombre qui passait d'étoile en étoile. Était-ce un nuage ? Un avion ennemi ?

On croyait entendre le bruit d'un moteur, mais ce n'était que la rumeur sourde et continue qui montait de cette foule vers le ciel : des pas, des voix, le frôlement des bicyclettes sur les pierres du chemin, un millier de respirations oppressées, haletantes, parfois des pleurs d'enfants. M. Rose s'en éloignait avec un sentiment de soulagement, comme lorsqu'on s'éveille d'un cauchemar. Il lui semblait qu'il avait été précipité par miracle plusieurs siècles dans le passé, qu'il était mêlé aux grandes

1. Méprisant.
2. Juron exprimant la surprise ou l'agacement *(vieilli)*.
3. À un autre homme.
4. Traça.

Exode de mai-juin 1940 en France, photographie.

migrations humaines d'autrefois ; il en éprouvait de l'horreur et de la honte. Il monta, plus rapidement qu'il n'aurait su le faire en temps ordinaire, le chemin de la ferme. Robert n'avait pas menti. Dans la salle, il vit deux femmes qui jetaient en pleurant du linge dans une couverture dépliée. Une vieille femme se tenait sur le pas de la porte, prête à partir, avec deux enfants sur les bras et deux autres accrochés à sa jupe. Le buffet[1] de la cuisine était ouvert et vide.

– Il n'y a rien, monsieur, je regrette. Nous n'avons plus rien. Voyez, il nous reste un peu de saucisson pour nous-mêmes et du lait pour les enfants. C'est tout. Nous partons tout à l'heure.

M. Rose s'excusa, rebroussa chemin.

« J'aurai du mal à retrouver Robert », pensa-t-il en voyant, du haut du talus, couler lentement sous ses yeux ce torrent noir.

Toutes les voitures se ressemblaient, avec leurs matelas attachés sur le toit. L'auto avait dû avancer un peu, sans doute. Il ne la reconnaissait plus. Il fit quelques pas et appela :

– Robert ! Robert !

D'abord d'une voix impérieuse[2] et forte, puis inquiète, puis effrayée, puis suppliante et faible. Personne ne répondait. Robert l'avait abandonné ; il partait avec l'auto, les malles, l'argenterie, les vêtements.

– Canaille ! Voleur ! hurla M. Rose, la tête perdue.

Il courait en trébuchant sur le haut du talus, cherchant il ne savait quoi, un commissaire de police, un gendarme, quelqu'un à qui se plaindre, quelqu'un qui

1. Meuble abritant la vaisselle et le linge de table, mais servant aussi de garde-manger à la campagne.
2. Autoritaire.

puisse le protéger. Mais personne. Il n'y avait personne. Les gens fuyaient et ne s'occupaient pas de lui.

M. Rose, essoufflé, se laissa tomber enfin sur l'herbe. Il porta la main à son cœur, rencontra son portefeuille à cette place et s'apaisa un peu. Ce fut comme s'il retrouvait ses assises[3]. Il se sentit consolidé, étayé[4] ; il reprenait sa place dans le monde.

– Ce n'est évidemment qu'une mauvaise nuit à passer. Je dépose une plainte dès demain et Robert sera coffré[5]. Il ne peut être question pour lui de passer la frontière. En France, je le retrouverai toujours.

Il s'agissait seulement de gagner une ville ou un village. Mais comment ? Autour de lui, sur la route, les autos, les camions, les voiturettes[6], les side-cars[7] et les charrettes progressaient avec lenteur ; on voyait de véritables échafaudages, fragiles et mouvants, formés par des colis, des caisses, des voitures d'enfants et des bicyclettes. Il ne restait nulle part où s'installer, où s'accrocher. Non. Pas de place pour M. Rose ! Et déjà la foule des piétons l'entraînait.

– Eh bien, j'irai à pied, parbleu ! dit-il à voix haute.

– On vous a barboté[8] votre voiture, monsieur ? demanda un jeune homme qui marchait près de lui. Moi, c'est ma bicyclette…

M. Rose ne répondit rien tout d'abord. Ce n'était pas son habitude de lier conversation avec des inconnus. Il regarda le jeune homme qui avait seize ou dix-sept ans et qui semblait si grand, si bien découplé[9], si solide que M. Rose pensa : « Il peut être utile. »

3. Bases qui rendent une construction stable.
4. Soutenu.
5. Arrêté et emprisonné *(familier)*.
6. Petite voiture poussée ou tirée par une personne, un animal.
7. Véhicule formé d'une motocyclette et d'une caisse monoplace fixée sur le côté.
8. Volé *(familier)*.
9. Bien bâti et vigoureux *(vieilli)*.

Ne revenait-on pas aux vieux âges où des muscles forts et des poings durs avaient seuls du prix ? Ce jeune homme pourrait aider M. Rose, soutenir ses pas, lui chercher à manger, lui trouver un logement.

M. Rose finit par dire :

– Oui, mon chauffeur a cru plaisant de me fausser compagnie[1]. Mais vous-même ?…

– Oh ! moi, quelqu'un m'a appelé pour me demander un coup de main, une panne à réparer. J'avais laissé la bécane[2] dans le fossé, je suis revenu, plus rien. Heureusement, j'ai de bonnes jambes.

– Oui, heureusement. Vous venez de loin ?

– De mon collège, à cinquante kilomètres d'ici. On nous a tous renvoyés chez nous. Je devais partir avec un des professeurs. Mais il y avait une telle pagaille à la dernière minute que je n'ai jamais pu le retrouver. On a été bombardés. Je suis parti.

– Votre famille ?

– Ils sont à la campagne, près de Tours.

– Vous pensez les rejoindre ?

– Oui, en principe… Je suis parti avec cette idée-là, mais je dois vous dire, monsieur, qu'à présent j'ai changé d'avis. J'ai dix-sept ans. Je puis servir[3], moi aussi. Et, comme je le disais à mon père, au début de la guerre, il faut choisir désormais entre la vie héroïque et la vie commode.

– C'est tout choisi, murmura amèrement M. Rose qui butait[4] sur les pierres du chemin.

Le jeune homme sourit.

1. De m'abandonner.
2. Bicyclette *(familier)*.
3. M'engager dans l'armée.
4. Trébuchait.

– Oui, bien sûr, à votre âge, monsieur, c'est dur. Mais moi je pense rejoindre la troupe[5]. Il y a un camp près d'Orléans, je le sais. Je m'engagerai. Tous les hommes doivent se battre.

– Comment vous appelez-vous, mon jeune ami ? demanda M. Rose.

– Marc. Marc Beaumont.

– Vous habitez Paris ?

– Oui, monsieur.

Ils cheminèrent quelque temps en silence. Une heure passa, une autre encore. Il paraissait impossible que la foule s'accrût[6] davantage et, pourtant, de tous les chemins, de tous les carrefours surgissaient des ombres qui se joignaient aux premiers réfugiés et avançaient en silence. Car on parlait peu ; on ne se plaignait pas, on n'entendait ni pleurs ni cris. Instinctivement, chacun ménageait son souffle pour la marche. Les pieds douloureux de M. Rose le portaient avec peine.

– Appuyez-vous sur moi, monsieur, n'ayez pas peur, je suis fort, dit le garçon, vous n'en pouvez plus.

– Je voudrais me reposer...

– Si vous voulez.

Ils se laissèrent tomber dans le fossé et, instantanément, le jeune homme s'endormit. M. Rose, lui, était à l'âge où la fatigue surexcite l'esprit et met le sommeil en fuite. Il demeurait immobile et passait de temps en temps la main sur ses yeux.

– Quel cauchemar, répéta-t-il machinalement, quel cauchemar...

5. L'armée.
6. Augmente.

La nuit passa vite ; elles sont courtes en juin. Au matin, ils se remirent en marche. On ne trouvait rien à manger. On ne pouvait se loger nulle part. On dormait dans les prés, au bord des routes, dans les bois. Au bout de quarante-huit heures, avec son linge gris, son costume froissé, ses souliers poudreux, M. Rose, qui ne s'était ni lavé ni rasé depuis l'avant-veille, ressemblait à un clochard.

– Je suppose que nous irons ainsi, à pied, jusqu'en Touraine, avait dit Marc Beaumont.

M. Rose avait aigrement[1] protesté :

– À pied ! On ne va pas à pied ! C'est ridicule ! Ne cédez pas, mon garçon, à la manie déplorable de dramatiser[2] la situation. Plus tard, vous direz à vos enfants : « Pendant la grande débâcle de 1940, je suis allé à pied de Normandie jusqu'en Touraine. » En fait, vous aurez fait une partie du chemin à pied mais une autre en camion ou en auto, une autre encore à bicyclette, et ainsi de suite. Le tragique à l'état pur n'existe pas, sachez-le bien, il comporte toujours des variations, des graduations, des nuances, dit M. Rose en tombant et en se relevant, car ses genoux enflés lui rendaient la marche de plus en plus difficile.

Effectivement, vers le soir, ils furent recueillis par un camion qui passait et qui abritait, sous sa bâche[3] mouillée, les ouvrières d'une usine de la région parisienne évacuée. Il pleuvait ; la toile, hâtivement tendue, laissait couler l'eau dans le cou des femmes. Elles avaient emporté des pliants[4] ; elles se tenaient immobiles, courbant le dos sous l'averse, des paquets à leurs pieds, des enfants sur

La débâcle de 1940

La France et la Grande-Bretagne déclarent la guerre à l'Allemagne le 3 septembre 1939, mais elles ne mènent aucune attaque jusqu'en mai 1940. Cette « drôle de guerre » change d'allure le 10 mai, quand les Allemands balaient les troupes alliées en cinq semaines. C'est la débâcle. À partir du 8 juin commence l'exode : des millions de civils fuient la guerre sur les routes de France.

1. D'un ton amer.
2. Exagérer la gravité de.
3. Toile.
4. Chaises pliantes.

leurs genoux. M. Rose et Marc Beaumont eurent droit à un pliant pour eux deux et à un parapluie qui oscillait[5], déployé, à chaque cahot du chemin. Au bout de quelques heures, ils durent céder la place à des enfants que l'on ramassa à la lisière[6] d'un pré. Il ne pleuvait plus, heureusement. Ils marchèrent encore, dormirent encore, découvrirent des œufs dans une ferme abandonnée, les gobèrent[7] tout crus, se traînèrent plus loin. Dans un village, des soldats leur donnèrent à manger et leur dirent de partir au plus vite, parce qu'on allait se battre. Ils ne voulurent pas accepter Marc parmi eux : « Ce ne sont pas les hommes qui nous manquent, mon pauvre vieux, mais les machines. » M. Rose et Marc repartirent.

Marc, du moins, pouvait dormir. Dès qu'il tombait sur le sol, le sommeil s'emparait de lui, mais M. Rose ne trouvait que de brefs moments de repos et d'oubli entre deux cauchemars. Il regardait son compagnon avec une attention profonde. Cet enfant avait quelques traits de la pauvre Lucie Maillard. Il l'avait même interrogé sur le nom de sa mère, imaginant, il ne savait pourquoi, un lien de parenté entre eux. Mais non. Il n'y avait rien. Rien ne liait l'adolescent vivant et la jeune fille morte, rien que le sentiment éveillé en M. Rose par leur jeunesse. Comme Lucie autrefois, Marc lui inspirait une pitié irritée et attendrie. Marc était sans cesse prêt à porter un enfant, à ramasser un paquet tombé, à donner sa part de la maigre nourriture trouvée au hasard des étapes. Le cinquième jour, il perdit sa montre-bracelet. M. Rose ricana :

– Pardi, c'est en courant sous les bois à la recherche d'un sac de femme… Si au moins elle était jolie… Une

5. Balançait.
6. Au bord.
7. Avalèrent.

vieille rombière[1]… C'est comme ça que vous vous êtes laissé voler votre bicyclette. Dans la vie, vous serez toujours volé.

– Oh ! monsieur, dit Marc, je ne serai pas le seul.

Il riait. Il savait rire. Il avait maigri. Il était pâle. Il avait faim. Il riait encore.

– Qu'est-ce que ça fait, monsieur ?

– Une bicyclette vous aurait sauvé la vie.

– Oh ! je m'en sortirai tout de même !

– Oui, bien sûr, bien sûr… Moi également, je l'espère, mais dans quel état !

L'existence devenait de plus en plus semblable à un cauchemar… Les restaurants, les hôtels, les maisons particulières n'avaient plus une seule chambre, plus un seul lit, plus un mètre carré de sol disponible, plus une miette de pain à fournir. À Chartres, on distribua de la soupe aux réfugiés à la porte d'une caserne, et M. Rose pleura de joie en recevant sa part.

On allait vers le sud, vers la Loire. On n'arriverait jamais, semblait-il. Une nuit, on cria : « Sauve qui peut », et des bombes tombèrent. Marc et M. Rose étaient couchés sur le sol, à l'abri d'un petit mur ; M. Rose labourait la terre de ses ongles, comme s'il eût voulu[2] s'enfoncer, se cacher en elle. Tout à coup, il sentit la main de Marc sur son épaule, une main ferme et douce, enfantine encore, qui lui donnait de petites tapes affectueuses et timides : ainsi dans la cour d'un lycée, dans les petites classes, on encourage un nouveau.

1. Bourgeoise d'âge mûr, prétentieuse et un peu ridicule *(populaire)*.
2. Avait voulu.

L'avion s'éloigna. Personne n'avait été touché. Mais, dans le lointain, une maison brûlait. M. Rose dit tout bas :

– C'est trop. C'est trop pour moi. Je ne le supporterai pas.

– Mais si, vous verrez, on s'y fait très bien, dit Marc en s'efforçant de rire.

– Ah ! vous avez dix-sept ans, vous. On ne craint pas la mort, on n'aime pas la vie à dix-sept ans ! Moi, je veux sauver la mienne, comprenez-vous. Pauvre, infirme, vieux, dans un monde en ruine, je veux vivre.

Ils regagnèrent la route. M. Rose ne parlait plus. Ils approchaient de la Loire. Ils ne savaient plus depuis combien de temps ils marchaient. Ils subirent un second bombardement. Ils étaient un petit groupe de réfugiés, pressés les uns contre les autres : l'instinct qui jette l'une vers l'autre les bêtes d'un troupeau sous l'orage les rassemblait. Marc abritait M. Rose de son corps. Il fut blessé. M. Rose n'eut rien. Il pansa[3] son jeune compagnon tant bien que mal, et de nouveau la marche reprit. Ils voyaient enfin les ponts de la Loire.

M. Rose tomba tout à coup.

– Je ne peux plus marcher. C'est impossible. J'aime mieux mourir là.

– Je ne peux pas avancer non plus, dit Marc.

Sa blessure saignait. Il trébuchait à chaque pas. Tous deux, le vieil homme et l'adolescent, demeurèrent immobiles, affaissés sur le bord de la route, regardant la Loire qui brillait au soleil, le flot des réfugiés qui s'écoulait, et M. Rose se sentait calme, indifférent, détaché de tout,

3. Soigna (en appliquant un bandage).

de ses biens, de sa vie. Brusquement, galvanisé[1], il se redressa. Quelqu'un criait. Quelqu'un l'appelait par son nom :

– Monsieur Rose ! C'est vous, monsieur Rose ?

Il aperçut un visage connu à la portière d'une auto. Il ne put d'ailleurs pas mettre de nom sur cette figure. Elle semblait surgir d'un autre monde. C'était un ami, un parent éloigné, une relation quelconque, un ennemi, qu'importait[2] ? C'était un homme qui avait une voiture. Surchargée, certes, encombrée de paquets, de femmes et d'enfants comme toutes les autres, mais, enfin, une voiture.

– Est-ce que vous avez une place pour moi ? cria-t-il. Mon auto m'a été volée. Je marche depuis Rouen. Je ne peux plus faire un pas. Prenez-moi, de grâce !

À l'intérieur de l'auto, on se concerta. Une femme s'écria :

« C'est impossible !

Une autre dit :

– On va faire sauter les ponts sur la Loire. Ils ne pourront pas passer.

Puis, se penchant vers M. Rose :

– Montez. Je ne sais pas comment, par exemple… Enfin, montez.

M. Rose fit un mouvement, se souleva, puis se souvint de Marc :

– Pour ce jeune homme aussi, une place…

– Impossible, mon pauvre ami.

– Je ne le laisserai pas, dit M. Rose.

Le dynamitage des ponts

Pour retarder la progression de l'armée du Reich, l'État-major français planifia la destruction de plusieurs ponts sur la Loire. Il ne faut pas confondre cette opération avec les bombardements des populations civiles par les avions allemands.

1. Animé d'une énergie soudaine.
2. Cela n'avait aucune importance.

Il était si fatigué que sa voix sonnait à ses oreilles, blanche[3] et lointaine comme celle d'un étranger.

– C'est un de vos parents ?

– Non. Ça ne fait rien. Il est blessé. Je ne peux pas l'abandonner.

– Nous n'avons pas de place.

Au même instant quelqu'un cria :

– Les ponts ! Les ponts vont sauter !

La voiture démarra. M. Rose ferma les yeux. Tout était fini. Il avait perdu la vie. Pourquoi ? Pour cet enfant qui ne lui était rien ? Il entendit une voix de femme crier à ses côtés :

– Les gens sont dessus ! Les gens ! Les voitures ! »

Dans cette confusion et ce désordre affreux, le pont avait sauté trop tôt, entraînant avec lui les voitures des réfugiés, entre autres, celle où M. Rose avait refusé de monter.

Livide[4] et tremblant, il retomba auprès de Marc, comprenant à peine que la vie venait de lui être donnée.

3. Sans intonation.
4. Très pâle.

Exode de juin 1940 : des Français fuient l'Occupation allemande (ici, une voiture chargée de bagages), photographie.

Pause lecture 3

M. Rose

Un individu dans la tourmente de l'Histoire

Le bonheur parfait d'un égoïste l. 1 à 240, p. 75 à 84

Avez-vous bien lu ?

Pourquoi M. Rose rompt-il avec Lucy ?

- ❑ Il ne l'aime plus.
- ❑ Il la trouve sotte.
- ❑ Il préfère sa tranquillité.

Un bonheur bien réglé

1 Cherchez le sens courant du mot *épicurien*. Expliquez pourquoi M. Rose en est un.

2 Le narrateur parle de l'appétit « délicat mais court » (l. 14) de M. Rose. En quoi ces deux adjectifs caractérisent-ils bien l'ensemble du personnage ?

Les remous de l'Histoire

3 Relevez les différentes actions auxquelles les préparatifs de la Seconde Guerre mondiale conduisent M. Rose. Quelles sont ses priorités ? Que nous révèlent-elles sur lui ?

4 Qu'éprouve M. Rose face aux menaces de plus en plus précises de guerre ?

Une histoire d'amour ? (l. 62-159)

5 Quelles qualités physiques et morales de Lucy plaisent à M. Rose ? Est-il véritablement amoureux d'elle ? Quel sentiment éveille-t-elle en lui ?

6 Observez, aux lignes 128 à 143, le raisonnement tenu par M. Rose. En quoi le personnage est-il fidèle à lui-même ?

M. Rose et son chauffeur l. 241 à 433, p. 84 à 91

Avez-vous bien lu ?

Pourquoi M. Rose quitte-t-il Paris pour sa maison de Normandie ?

❏ Il a besoin de se reposer à la campagne.

❏ Les Allemands sont entrés dans Paris.

❏ Il va y chercher ses précieuses collections.

Un personnage qui évolue

1 Observez le texte des lignes 241 à 267 : comment l'arrivée de la guerre sur le sol français transforme-t-elle l'humeur de M. Rose ?

2 Qu'est-ce que M. Rose a pris avec lui ? Qu'a-t-il oublié ? À quoi doit-il se résoudre ? Montrez que cela constitue une révolution pour le personnage.

Un chauffeur antipathique

3 Que reproche M. Rose à son chauffeur ? Comment se manifeste son agacement envers lui ?

4 En vous appuyant sur ses paroles et ses gestes, montrez que Robert est insolent.

Le renversement des valeurs

5 Quel est le principal souci de M. Rose pendant le début de son exode ? En quoi sa vie est-elle profondément bouleversée par ce qui lui arrive ? Justifiez votre réponse en relisant le début de la nouvelle.

6 Quelles sont les préoccupations des personnes qui suivent la même route que M. Rose ? Montrez que l'exode bouleverse aussi l'ensemble des valeurs de la société.

« Le vieil homme et l'adolescent » l. 434 à 666, p. 91 à 99

Avez-vous bien lu ?

Quelle est la destination de Marc ?

- ❑ La Touraine, où il veut rejoindre ses parents.
- ❑ Orléans, où il veut s'engager.
- ❑ Le Sud-ouest, où il veut se mettre à l'abri.

Un nouveau compagnon pour M. Rose

1 En citant quelques exemples, montrez que Marc et M. Rose ne s'expriment pas dans le même niveau de langue. À quoi attribuez-vous cette différence ?

2 Quelles sont les nombreuses qualités de Marc ? Repérez les passages de dialogue et de récit où elles s'expriment. Quel jugement M. Rose porte-t-il sur elles ?

Un voyage éprouvant

3 En quoi les conditions de voyage sont-elles de pire en pire pour les deux compagnons ?

4 Quel rôle joue Marc auprès de M. Rose ?

Une seconde naissance (l. 614 à 666)

5 Que refuse M. Rose ? Pour quelle raison ? Aurait-il eu la même attitude au début de l'exode ? Expliquez son changement de comportement.

6 Qu'est-il arrivé aux passagers de l'automobile ? Expliquez les derniers mots du texte : *comprenant que la vie venait de lui être donnée*. Quelle morale permettent-ils de tirer de cette histoire ?

Vers l'expression

Vocabulaire

1. **Dans la phrase « Sa cave était bonne » (l. 8), le mot *cave* désigne les vins qui y sont conservés. Cette figure de style s'appelle une métonymie.**
Montrez qu'on retrouve la même figure de style dans les expressions suivantes :
– « Il me semble que je bois un verre d'eau de source » (*En raison des circonstances*, l. 303-304, p. 24)
– « Vous n'avez donc jamais vu la salle, pendant un de vos concerts » (*La Confidente*, l. 282-283, p. 50).
– « Paris, assoupi [...] respirait doucement dans l'ombre. » (*En raison des circonstances*, l. 9-10, p. 13)

2. **« Je perds quelques plumes [...], mais mieux vaut une plume que le panache tout entier. » (l. 42 à 44, p. 76). Expliquez le sens de cette phrase. Quelle figure de style y reconnaissez-vous ? Réécrivez-la avec le même sens en remplaçant *plume* par *poils*, puis par un mot de votre choix.**

3. **Dans le paragraphe des lignes 321 à 343, p. 86-87, distinguez le récit, le discours indirect et le discours indirect libre. À quoi reconnaît-on ce dernier ? Que permet-il ?**

À vous de jouer

Écrivez.

« Plus tard, vous direz à vos enfants : "Pendant la grande débâcle de 1940, je suis allé à pied de Normandie jusqu'en Touraine" », déclare M. Rose au jeune homme (l. 514 à 516, p. 94). Bien des années après, Marc raconte à ses enfants sa rencontre avec M. Rose, leurs aventures et la façon dont ils ont réussi à rejoindre la Touraine.

Du texte à l'image

Observez la photographie → voir dossier images p. III

1 Décrivez le costume du personnage. À quelle classe sociale appartient-il ?

2 Observez son attitude. Quelle relation semble-t-il établir avec le décor ?

3 Dans quelle mesure cet homme fait-il penser à M. Rose ?

Portrait d'un homme élégant de la bourgeoisie parisienne, vers 1920, photographie, coll. privée.

Observez la photographie
→ voir dossier images p. IV

1 Observez l'âge des personnes et les relations qui semblent les lier. Que peut-on en déduire ?

2 Décrivez les véhicules représentés sur cette image. À quoi servent-ils ?

3 Montrez que la composition de la photographie rend bien ce que la nouvelle raconte de l'exode.

Exode : sur les routes du nord, juin 1940, photographie, ECPA.

Sujet de brevet

Au brevet,
L'épreuve de français est sur 50 points.
Première partie (1 h)
Questions : 20 points
Seconde partie (2 h)
Dictée et réécriture : 10 points
Écriture : 20 points

***M. Rose*, l. 370 à 409, p. 88-90**

Partie I

Questions (20 points, 1 h)

A. Sur le texte

1 **a.** Pourquoi les voitures sont-elles « pressées les unes contre les autres » (l. 371) ?
b. De qui est composée la « foule » (l. 377) ? (2 points)

2 **a.** Quel est le champ lexical qui domine des lignes 375 à 380 ?
b. À quel moment de la journée se déroule la scène ? Justifiez par des citations. (2 points)

3 Expliquez l'emploi de l'imparfait des lignes 375 à 392. (2 points)

4 Quels sentiments éprouve M. Rose (l. 380 à 392) ? Expliquez-les. (2 points)

5 **a.** Qu'espère-t-il en allant dans une ferme ?
b. Dans les paroles de la vieille femme, quel mot revient ? Pourquoi insiste-t-elle autant ? (2 points)

6 **a.** Comment est désignée la lente avancée de la foule ?
b. Comment s'appelle cette figure de style ? (2 points)

7 **a.** Relevez les adjectifs qui caractérisent la voix de M. Rose et détaillez les sentiments qu'il expriment par des noms.
b. Comparez les deux premiers et les deux derniers. Que contastez-vous ? (2 points)

8 L'exode des populations civiles en temps de guerre est encore une réalité. Par quels exemples tirés de l'actualité appuieriez-vous cette affirmation ? (2 points)

B. Sur la photographie de couverture du livre

9 En quoi cette photographie correspond-elle à ce que raconte Irène Némirovsky ? (2 points)

10 Quels autres aspects de l'exode cette image nous donne-t-elle à voir ? (2 points)

Partie II

Dictée et réécriture (10 points, 30 min)

Dictée

Le professeur lira à voix haute un extrait de son choix d'environ 600 signes.

Réécriture

Réécrivez le passage suivant en conjuguant les verbes au présent de l'indicatif.

Dans la salle, il vit deux femmes qui jetaient en pleurant du linge dans une couverture dépliée. Une vieille femme se tenait sur le pas de la porte, prête à partir, avec deux enfants sur les bras et deux autres accrochés à sa jupe. Le buffet de la cuisine était ouvert et vide.

Travail d'écriture au choix (20 points, 1 h 30)

Sujet A

Pensez-vous qu'on puisse et qu'on doive faire preuve de solidarité dans une situation difficile ? Vous construirez votre réflexion sur des arguments et des exemples précis.

Sujet B

Imaginez que M. Rose retrouve Robert, son chauffeur, quelques minutes plus tard. Racontez leur dialogue et la suite de leur périple. Vous insisterez sur les sentiments éprouvés par le personnage principal.

Après la lecture

Genre

La nouvelle au XXe siècle

Thème

Vivre et survivre sous l'Occupation

Genre

La nouvelle au XXe siècle

◆ Les caractéristiques du genre

La nouvelle se définit par :
– un **nombre restreint** de personnages, un temps, un lieu et une action resserrés ;
– une **structure** qui obéit souvent au schéma narratif : situation initiale, modification, péripéties, résolution et situation finale ;
– une **chute**, qui fait parfois l'effet d'un coup de théâtre.

◆ L'âge d'or de la nouvelle au XIXe siècle

On considère l'Italien **Boccace** comme le fondateur de ce genre narratif, avec son recueil *Le Décaméron* (vers 1350), imité en France deux siècles plus tard par Marguerite de Navarre et son *Heptaméron* (1558). Ces deux auteurs définissent la **nouvelle** comme **une histoire brève à la fois véridique et inédite**, ce qui la distingue du conte merveilleux.

« *Un récit bref.* »

C'est au XIXe **siècle** que le genre connaît son **épanouissement**. Presque tous les écrivains publient des nouvelles, à commencer par les plus grands : Balzac, Stendhal, Flaubert, Zola. Cet âge d'or est lié au **développement de la presse** quotidienne, qui édite ces courts récits : entre 1880 et 1890, Maupassant, par exemple, en rédige environ trois cents pour les journaux *Le Figaro*, *Gil Blas* et *Le Gaulois*.

◆ Le déclin de la nouvelle ?

Après son âge d'or au XIXe siècle, la nouvelle connaît un déclin au XXe siècle. Cette défaveur tient d'abord à un facteur matériel : les nouvellistes ne bénéficient plus du support que la presse leur offrait.

Jusqu'en 1940, quelques hebdomadaires (*Candide*, *Marianne*, *Gringoire*) publient encore régulièrement des récits courts, comme *M. Rose* d'Irène Némirovsky, dans *Candide* en 1940. Toutefois, ces publications cessent après la Seconde Guerre mondiale.

En effet, le roman a tendance à monopoliser l'attention des auteurs et des lecteurs. La nouvelle est souvent considérée, bien à tort, comme un roman qui aurait tourné court. Toutefois, de nombreux écrivains perpétuent le genre avec talent, fantaisie et humour, tels Marcel Aymé (*Le Passe-Muraille*, 1942), Boris Vian (*Les Fourmis*, 1949) ou Antoine Blondin (*Quat'saisons*, 1975).

◆ Le renouveau de la nouvelle

Le XXe siècle a vu naître **des formes narratives originales**, différentes du modèle de la nouvelle à chute, comme *La Parure* de Maupassant, tout entière orientée vers l'effet dramatique à obtenir. Certains auteurs, comme Irène Némirovsky, choisissent de saisir **des instants décisifs** dans de courts récits :

– **soit une brusque prise de conscience** qui éclaire brutalement le sens d'une vie. Dans « En raison des circonstances » par exemple, Marie-Louise comprend, le soir du mariage de sa fille, qu'elle n'a jamais cessé d'aimer son premier mari, mort durant la Première Guerre mondiale ;

– **soit une épreuve** qui va réorienter le cours d'une existence ou transformer le personnage principal. Ainsi l'exode de juin 1940 bouleverse la vie, les certitudes de M. Rose et change profondément son échelle de valeurs.

Des nouvellistes contemporaines, Claude Pujade-Renaud (*Vous êtes toute seule ?*, 1991) ou Annie Saumont (*Encore une belle journée*, 2010) participent de cette évolution du genre.

> **« *Un genre en évolution.* »**

Au XXIe siècle la nouvelle continue à séduire le public par son étonnante capacité de renouvellement et d'ouverture. ■

Vivre et survivre sous l'Occupation

◆ Des conditions de vie éprouvantes

Dès l'été 1940, l'économie française connaît **une grave pénurie**, à cause du pillage imposé par les Allemands, du ralentissement des échanges avec l'étranger et de l'absence de plus de deux millions de travailleurs, partis en Allemagne (les prisonniers de guerre, rejoints à partir de 1943 par les réquisitionnés du STO, le Service du Travail Obligatoire). **Le rationnement** des produits s'impose donc et concerne vite tous les aliments de base. Les achats se font alors avec des cartes de ravitaillement qui donnent un certain nombre de tickets, en fonction de la catégorie à laquelle on appartient. Les files d'attente s'allongent devant les magasins, qui restent parfois vides. Pour contrer cette pénurie, se développent les produits de substitution (*ersatz*) comme la chicorée en guise de café, mais aussi le marché noir et des trafics en tout genre, qui suscitent parfois des fortunes scandaleuses. Les Français voient en outre **le régime autoritaire de Vichy** réduire leurs libertés (de mouvement, de parole, d'association) et mettre en place **un antisémitisme officiel** qui exclut les Juifs de certains métiers puis de certains lieux, avant de leur imposer en 1942 le port de l'étoile jaune.

> « *Un antisémitisme officiel.* »

◆ Entre collaboration et Résistance

Le régime de Vichy instaure **une collaboration d'État** avec l'Allemagne nazie, au service de laquelle il engage la police et la justice. Une minorité de Français adhère à cette politique, en s'engageant par exemple dans la Milice (organisation paramilitaire qui aide la Gestapo). Certains devancent même les ordres du nouveau régime : ainsi, l'éditeur Jean Fayard dénonce abusivement le contrat qui le lie à Irène Némirovsky, sans que le statut des Juifs ne l'y oblige.

D'autres au contraire, sans doute plus nombreux, agissent dans l'ombre pour **lutter contre cette politique**. C'est ainsi que les trois quarts des Juifs résidant en France sont sauvés de la déportation, telles les deux filles d'Irène Némirovsky, cachées sous de faux noms dans un pensionnat catholique. À côté de cette « **résistance civile** », une minorité entre en **lutte** contre l'occupant et le régime de Vichy, en publiant clandestinement des œuvres qui redonnent espoir (comme le poème d'Eluard, « Liberté », parachuté en 1942 sur le sol français, à des milliers d'exemplaires) ou en sabotant les voies et les sites stratégiques et en commettant des attentats.

◆ Dynamisme de la vie culturelle

Dans ces conditions de difficultés économiques et politiques, il peut sembler paradoxal de parler d'**une vie culturelle dynamique**. Mais les faits sont là : 220 films se tournent en quatre ans, dont certains chefs-d'œuvre (du *Corbeau* de Clouzot aux *Enfants du Paradis* de Carné), les théâtres font salle comble (comme le montre en 1980 le film de François Truffaut, *Le Dernier Métro*), et les éditions Gallimard, qui publient *L'Étranger* de Camus en 1942, triplent leur chiffre d'affaires. À cela, deux explications. D'une part, la censure et les difficultés matérielles sont des **stimulants** pour les auteurs, obligés de recourir à la métaphore ou au symbole : ainsi, sous le masque du mythe, l'*Antigone* d'Anouilh incarne pour beaucoup de spectateurs l'esprit de la Résistance. D'autre part, le public cherche non seulement à **oublier les difficultés** de son quotidien, mais aussi **à effacer l'humiliation nationale**. ■

« Effacer l'humiliation. »

À lire / à voir

À lire

D'autres œuvres d'Irène Némirovsky

- ***David Golder*** (1929). Portrait poignant d'un vieil homme dont la fortune est la malédiction, ce roman a propulsé la jeune romancière sur le devant de la scène littéraire.

- ***Le Bal*** (1930). À travers le regard d'une adolescente de 14 ans, cette longue nouvelle fait le procès d'un couple de parvenus, dominé par la figure d'une mère haïe.

- ***Suite française*** (paru en 2004). Ce cycle romanesque devait comporter cinq tomes et embrasser toute la guerre, mais seuls les deux premiers furent achevés. Confié à la fille d'Irène Némirovsky après son arrestation, le manuscrit fut retrouvé à la fin du XXe siècle et remporta le Prix Renaudot, fait inédit pour une œuvre posthume.

- ***Dimanche et autres nouvelles*** (paru en 2011). Ce recueil rassemble des nouvelles publiées dans diverses revues (dont *La Confidente* et *M. Rose*) jusqu'à 1942.

D'autres œuvres évoquant l'Occupation

- **Marcel Aymé, *Le Passe-muraille*** (1942). Deux récits évoquent l'Occupation : *La Carte*, savoureuse et poétique variation sur les cartes de rationnement et le marché noir ; *En attendant*, émouvant instantané sonore d'une queue de quatorze personnes à la porte d'une épicerie parisienne.

- **Jean-Louis Bory, *Mon village à l'heure allemande***, (1945). Ce roman reflète les conditions de vie dans un village en 1944 et les attitudes diverses face à l'occupant.

- **Robert Sabatier, *Olivier 1940*** (2003) et ***Les trompettes guerrières*** (2007). Olivier Châteauneuf, le double romanesque de l'auteur, traverse la période de l'Occupation, entre la France rurale et le Paris populaire.

À voir

Adaptations d'œuvres d'Irène Némirovsky

- **Julien Duvivier, *David Golder*** (1931). Adaptation du premier succès d'Irène Némirovsky, c'est également le premier film parlant et le premier succès d'un réalisateur qui signera quelques-uns des chefs-d'œuvre du cinéma français des années 1930 (*La Belle Équipe, Pépé le Moko, La Fin du jour*).

- **Wilhelm Thiele, *Le Bal*** (1931). Ce film qui, pour les besoins du long métrage, étoffe la nouvelle d'Irène Némirovsky, offrit son premier rôle à la jeune Danielle Darrieux, tout juste âgée de 14 ans.

Des films sur la vie quotidienne pendant l'Occupation

- **Claude Autant-Lara, *La Traversée de Paris*** (1956). Adaptation d'une nouvelle de Marcel Aymé, c'est l'odyssée burlesque de deux compères qui traversent Paris la nuit pour livrer un cochon découpé, dans des valises.

- **Marcel Ophüls, *Le Chagrin et la Pitié*** (1971). Chronique sans complaisance d'une ville française, Clermont-Ferrand, pendant l'Occupation, ce documentaire fit scandale en détruisant le mythe rassurant d'une France tout entière résistante.

- **Louis Malle, *Lacombe Lucien*** (1974). Sur un scénario de Patrick Modiano, l'histoire d'un jeune paysan du Lot engagé presque par hasard dans la Milice.

Une exposition consacrée à Irène Némirovsky

- **Le Mémorial de la Shoah,** à Paris, a consacré en 2010 une belle exposition à Irène Némirovsky. On peut en trouver la mémoire en suivant ce lien Internet :
http://www.memorialdelashoah.org/upload/minisites/irene_nemirovsky/index.html

Table des illustrations

Conception graphique : Julie Lannes
Design de couverture : Denis Hoch
Recherche iconographique : Gaëlle Mary
Mise en page : Guylaine Gresser pour STDI
Édition : Valérie Antoni

COLLÈGE

22. *3 contes sur la curiosité*
40. *3 meurtres en chambre close*
44. *4 contes de sorcières*
5. *4 fabliaux du Moyen Âge*
27. *4 nouvelles réalistes sur l'argent*
64. *Ali Baba et les quarante voleurs*
81. *Anthologie du slam*
100. *Figures de monstres*
93. *Paris au* XIXe *siècle*
98. *Quand le quotidien devient étrange...*
94. *Le Diable dans les contes*
73. **Balzac**, *Adieu*
84. **Boccace**, *Décaméron*
94. **Carroll**, *Les Aventures d'Alice au pays des merveilles*
74. **Chrétien de Troyes**, *Yvain, le Chevalier au lion*
51. **Courteline**, *Le gendarme est sans pitié*
38. **Dumas**, *Les Frères corses*
1. **Homère**, *L'Odyssée*
71. **Feydeau**, *Le Fil à la patte*
67. **Gautier**, *La Morte amoureuse*
80. **Hugo**, *Claude Gueux*
83. **Hugo**, *Cosette, une enfance malheureuse*
29. **Hugo**, *Le Dernier Jour d'un condamné*
4. *La Farce du cuvier*
26. *La Folie dans les nouvelles fantastiques*
2. *Le Loup dans les fables*
3. **Leprince de beaumont**, *La Belle et la Bête*
37. *Le Roman de Renart*
41. *Les Textes fondateurs*
86. *Lettres de poilus 1914-1918*
91. **London**, *Nouvelles du Grand Nord*
10. **Maupassant**, *Boule de Suif*
43. **Maupassant**, *4 nouvelles normandes*
62. **Mérimée**, *Carmen*
11. **Mérimée**, *La Vénus d'Ille*
68. **Molière**, *George Dandin*
7. **Molière**, *L'Avare*
76. **Molière**, *L'École des femmes*
23. **Molière**, *Le Bourgeois gentilhomme*
58. **Molière**, *Le Malade imaginaire*
70. **Molière**, *Le Médecin malgré lui*
52. **Molière**, *Le Sicilien*
36. **Molière**, *Les Fourberies de Scapin*
28. **Musset**, *Il ne faut jurer de rien*
6. **Nicodème**, *Wiggins et le Perroquet muet*
21. **Noguès**, *Le Faucon déniché*
59. **Perrault**, *3 contes*
8. **Pouchkine**, *La Dame de Pique*
39. **Rostand**, *Cyrano de Bergerac*
9. **Stevenson**, *Dr. Jekyll et Mr. Hyde*
90. **Shakespeare**, *Roméo et Juliette*
24. **Simenon**, *L'Affaire Saint-Fiacre*
54. **Tolstoï**, *Enfance*
65. *Tristan et Iseut*
61. **Verne**, *Un hivernage dans les glaces*
25. **Voltaire**, *Le Monde comme il va*
17. **Voltaire**, *Micromégas*
42. **Zweig**, *Le Joueur d'échecs*
53. **Zola**, *Nantas*
87. **Zola**, *Amour et mariage au* XIXe *siècle*

LYCÉE

85. **Apollinaire**, *Alcools*
33. **Balzac**, *Gobseck*
60. **Balzac**, *L'Auberge rouge*
47. **Balzac**, *La Duchesse de Langeais*
18. **Balzac**, *Le Chef d'œuvre inconnu*
72. **Balzac**, *Pierre Grassou*
95. **Baudelaire**, *Tableaux parisiens*
32. **Beaumarchais**, *Le Mariage de Figaro*
20. **Corneille**, *Le Cid*
78. **Corneille**, *Médée*
56. **Flaubert**, *Un cœur simple*
92. **Giraudoux**, *La guerre de Troie n'aura pas lieu*
77. **Hugo**, *Les Contemplations : Pauca Meae*
49. **Hugo**, *Ruy Blas*
31. *L'Encyclopédie*
75. *L'Homme en débat au* XVIIIe *siècle*
48. **Marivaux**, *L'Île des esclaves*
57. **Marivaux**, *Les Acteurs de bonne foi*
19. **Maupassant**, *La Maison Tellier*
69. **Maupassant**, *Une partie de campagne*
55. **Molière**, *Amphitryon*
15. **Molière**, *Dom Juan*
79. **Molière**, *Le Misanthrope*
35. **Molière**, *Le Tartuffe*
63. **Musset**, *Les Caprices de Marianne*
14. **Musset**, *On ne badine pas avec l'amour*
82. *Nouvelles réalistes et naturalistes*
46. **Racine**, *Andromaque*
66. **Racine**, *Britannicus*
30. **Racine**, *Phèdre*
13. **Rimbaud**, *Illuminations*
99. **Rimbaud**, *Les Cahiers de Douai*
50. **Verlaine**, *Fêtes galantes et romances sans paroles*
45. **Voltaire**, *Candide*
88. **Voltaire**, *Zadig*

BTS

89. *Ces objets qui nous envahissent : objets cultes, culte des objets*
96. *Je me souviens*

MIXTE
Papier issu de sources responsables
FSC® C022030
FSC www.fsc.org

Impression & brochage SEPEC - France
Numéro d'impression : 06601161205 - Dépôt légal : novembre 2016
Numéro de projet : 10217743